库切文集

The Death of Jesus
耶稣之死

〔南非〕
J.M. 库切　著
J.M. Coetzee

王敬慧　译

人民文学出版社

J. M. Coetzee
THE DEATH OF JESUS

Copyright © J. M. Coetzee, 2021
By arrangement with
Peter Lampack Agency, Inc.
350 Fifth Avenue, Suite 5300
New York, NY 10176-0187 USA

图书在版编目(CIP)数据

耶稣之死/(南非)J. M. 库切著;王敬慧译. —北京:人民文学出
版社,2021
(库切文集)
ISBN 978-7-02-017015-9

Ⅰ.①耶… Ⅱ.①J…②王… Ⅲ.①长篇小说—南非共和国—现
代 Ⅳ.①I478.45

中国版本图书馆 CIP 数据核字(2021)第 039259 号

责任编辑　马　博
装帧设计　陶　雷
责任印制　王重艺

出版发行　人民文学出版社
社　　址　北京市朝内大街 166 号
邮政编码　100705

印　　刷　三河市中晟雅豪印务有限公司
经　　销　全国新华书店等

字　　数　131 千字
开　　本　850 毫米×1168 毫米　1/32
印　　张　6.625　插页 1
印　　数　1—10000
版　　次　2021 年 8 月北京第 1 版
印　　次　2021 年 8 月第 1 次印刷

书　　号　978-7-02-017015-9
定　　价　52.00 元

如有印装质量问题,请与本社图书销售中心调换。电话:010-65233595

第 一 章

这是一个秋高气爽的午后,他站在公寓楼后面的草地上看着一场足球比赛。对于这种公寓楼里面孩子之间的对抗赛,他通常是唯一的观众。与以往不同,今天还有两个陌生人也在驻足观看:一个穿着深色西装的男人,旁边还站着一个穿着校服的女孩。

球绕着弯儿被传到了大卫所在的球场左侧。大卫灵活地带球,轻松地越过前来阻挡他的防守队员,向正中一记高射。球越过了所有人,越过了守门员,最终越过了球门线。

在这种平日的比赛中,并没有固定的队伍。男孩们跟着自己的感觉分组,自由组合。场上有时有三十个孩子,有时只有六个。三年前大卫第一次加入时,他是岁数最小、长得也最小的孩子。现在他已经步入大孩子的行列,尽管他个子高,但步伐仍然敏捷,带球时很会迷惑对手。

比赛缓和下来,两个陌生人走近;在他脚边正睡着的狗突然醒过来,抬起了脑袋。

"日安,"男人说,"这两支是什么球队啊?"

"这只是邻里儿童临时组队的比赛。"

"他们踢得不错，"陌生人说，"你是孩子的父母吗？"

他是孩子的父母吗？有必要向他解释自己到底是谁吗？"我的儿子在那边，"他说，"大卫，就是那个黑头发的高个子男孩。"

陌生人观察着大卫，这个黑头发的高个子男孩，他正在漫不经心地跑着，对比赛没怎么上心。

"他们想过自己组织一个球队吗？"陌生人说，"让我来自我介绍一下。我叫胡里奥·法布里坎特。这位是玛丽亚·普鲁登西亚。我们来自拉斯马诺斯。你听说过拉斯马诺斯吗？没有吗？就是河对岸的孤儿院。"

"我叫西蒙。"西蒙回应说。他与孤儿院里的胡里奥·法布里坎特握手，对玛丽亚·普鲁登西亚点了一下头。让他猜的话，玛丽亚应该有十四岁，长得很结实，眉毛浓密，胸部发达。

"我这样问的原因是我们很乐意为他们举办比赛。我们有一块正规场地，带有正规的标记和球门。"

"我认为他们就这样踢球挺开心的。"

"如果没有竞争，人就无法提升。"胡里奥说。

"这想法没错。但从另一方面想，组建一个团队意味着只能选出十一个人，并排除其他的孩子，这将违背他们一起踢球的初衷。这是我的想法。但是，也许我错了。也许他们确实希望比赛和提高。你可以问问他们。"

球控制在大卫的脚下。他忽左忽右，动作如此灵活多变，让防守队员不知如何是好。大卫将球传给了一名队友，看着他将球笨拙地踢进了守门员的怀中。

"你的儿子，他踢得非常好，"胡里奥说，"天生会踢球。"

"他比朋友更有优势。他上了舞蹈课，所以他平衡感很好。如果其他男孩也上过舞蹈课，他们就会一样好。"

"你听到了吗，玛丽亚？"胡里奥说，"也许你应该向大卫学习，去参加一些舞蹈课程。"

玛丽亚目不转睛地盯着前方。

"玛丽亚·普鲁登西亚平日就踢足球，"胡里奥说，"她是我们球队的主力之一。"

太阳正在落山。过一会儿，那个拥有足球的男孩将要把球收回（"我得走了"），然后孩子们就会散开，各自回家。

"我知道你不是他们的教练，"胡里奥说，"我也可以看出你不赞成有组织的运动。尽管如此，为了男孩们的缘故，请考虑一下。这是我的名片。他们可能愿意组成一个团队去对抗另一个团队。很高兴认识你。"

名片上写着：胡里奥·法布里坎特博士，教导员①，拉斯马诺斯孤儿院②，埃斯特雷拉 4 号。

"来吧，玻利瓦尔，"他说，"该回家了。"

狗把自己的后腿抬起来，放了一个恶臭的屁。

晚餐的时候，大卫问道："今天和你说话的那个人是谁？"

---

① 原文为西班牙语，Educador。
② 原文为西班牙语，Orfanato de Las Manos。

"他是胡里奥·法布里坎特博士。这是他的名片。他来自孤儿院。他建议你们男孩挑选出一支队伍与孤儿院的球队打对抗赛。"

伊内斯审视着这名片。"教导员，"她说，"这是什么意思？"

"这是对老师的另一种好听的称呼。"

第二天下午，当他到达草地时，法布里坎特博士已经在那里，正和周围一群男孩说话。"你们也可以为自己的团队取一个名字，"他说，"你们也可以选择队服的颜色。"

"猫咪队①。"一个男孩说。

"黑豹队②。"另一个男孩说。

男孩们似乎对胡里奥博士的提议非常感兴趣，他们多数人喜欢"黑豹队"这个球队名称。

"我们孤儿院的球队给自己起名为'老鹰队'③，以鹰的名字命名，因为这种鸟眼力是最敏锐的。"

大卫说："你们为什么不给自己起名叫作'孤儿队'④？"

大家都尴尬地不说话。法布里坎特博士开口说："年轻人，因为我们不寻求任何帮助。我们不会仅仅因为我们的身份，就希望别人让着我们。"

---

① 原文为西班牙语，Los gatos。
② 原文为西班牙语，Las panteras。
③ 原文为西班牙语，Los halcones。
④ 原文为西班牙语，Los huérfanos。

"你是孤儿吗？"大卫问道。

"不是，我恰巧不是孤儿，但我负责管理孤儿院，并住在那里。我非常尊重和热爱孤儿，在这个世界上，孤儿的数量比你想象的要多得多。"

男孩们沉默了。他，西蒙，也保持沉默。

"我是一个孤儿，"大卫说，"我可以为你们的球队踢球吗？"

男孩们窃笑。他们已经习惯了大卫的挑衅。其中一个男孩对大卫嘘声道："别说了，大卫！"

现在该是他介入的时候了。"大卫，我不确定你是否理解成为一个孤儿，一个真正的孤儿意味着什么。孤儿没有亲人，没有家。这时就需要胡里奥博士来帮忙了。他为孤儿提供了一个家。你已经有家了。"他转向胡里奥博士说道，"很抱歉，我把您拉入了家庭争论中。"

"不用道歉。年轻的大卫所提出的是一个重要的问题。作为一个孤儿意味着什么？它只是意味着你没有可见的父母吗？不是的。从最深层次上讲，作为一个孤儿，就是独处于世。从某种意义上说，我们都是孤儿，因为从最深的层次讲，我们都是独处于世。正如我对自己所负责的年轻人说的那样，生活在孤儿院里没有什么要感到羞耻的，因为孤儿院就是社会的一个缩影。"

"你还没有回答我，"大卫说，"我可以为你们的球队踢球吗？"

"如果你为自己的球队踢球，那会更好。"胡里奥博士说，"如果每个人都参加老鹰队，那我们就没有可以对

5

抗的球队了。那就没有比赛了。"

"我不是替所有人问。我只是为我自己问。"

胡里奥博士转过头来问西蒙："先生，你觉得呢？你赞成你们这个球队起名叫黑豹队吗?"

"我没有意见。"他回答道，"我不想把自己的品味强加给这些年轻人。"他说到这里就不说了。其实他还想补上一句：在你出现在这里之前，这些年轻人以自己的方式踢足球就挺开心的。

第 二 章

这已经是他住在这栋公寓楼的第四个年头了。虽然伊内斯在二层的公寓足够他们三个人住的，但是经由双方协商，他还是在该楼的一层找了一间他自己的公寓，面积更小，陈设也更简单些。因为一直没治愈的背部伤病——这伤病的原因可以追溯到他在诺维拉当装卸工的时候——他得到了残障补助，所以收入有所增加，这样一来，他也就能住得起这间公寓了。

他有自己的收入，也有自己的公寓，但是他没有自己的社交圈，这并不是因为他是一个孤僻的人，也不是因为埃斯特雷拉是一个不友好的城镇，而是因为他早就下定决心要毫无保留、全身心地投入男孩的养育。至于伊内斯，她把自己白天的时间，有时也包括一些晚上的时间，用于打理自己拥有一半的时尚精品店。她的朋友们来自"摩登时装①"以及更广阔的时尚界。他刻意地与她的这些朋友保持着距离。他不知道，也不想知道她的这些朋友中是

---

① 原文为西班牙语，Modas Modernas，店铺名，参见《耶稣的学生时代》。

否有她的恋人，只要她是个好母亲就好。

在他们的悉心照料之下，大卫茁壮成长，健康而结实。多年前，住在诺维拉的时候，他们与公立教育系统发生了冲突。大卫的老师发现他倔强①，难以驾驭。从那时起，他们一直没让他上公立学校。

他，西蒙，确信像大卫这样一个明显先天聪慧的孩子，不需要正规的学校教育也可以的。他告诉伊内斯，大卫是一个特殊的孩子，谁能预测得了他的天赋在哪个方面呢？对此，伊内斯也少见地大度表示同意。

在埃斯特雷拉的舞蹈专校，大卫上了唱歌和舞蹈课程。唱歌的课程由学校的校长胡安·塞巴斯蒂安·阿罗约负责。至于舞蹈课程，学校里没有人可以教他什么。在他上课的时候，他自己想跳什么就跳什么；其余的学生跟随着他跳，如果跟不上，就看着他跳。

他，西蒙，虽然起步晚，也没有什么天赋，但是他也是一个舞者。晚上的时候他自己在私底下跳。换上睡衣之后，他将留声机调到低音量模式，然后自己闭上眼睛，开始为自己跳舞，一直跳到他的头脑一片空白。然后他关掉音乐，立马上床睡觉。

大多数晚上，他听的音乐是阿罗约为了纪念自己第二任妻子安娜·玛格达莱娜的去世而谱写的用长笛和小提琴演奏的一组舞曲。舞曲没有标题；唱片是在城里一家商店的后屋压制的，没有标签。音乐本身很慢，庄严且悲伤。

---

① 原文为西班牙语，obstinado。

大卫不屑于参加寻常的课程，尤其不喜欢像正常十岁的孩子那样做算术练习。已故的阿罗约夫人助长了他对算术的偏见，她让自己教过的学生都认为整数是神圣的，它们神性的存在要早于物质世界的存在，甚至在世界灭亡之后，这一神性仍旧会继续存在，因此它们值得敬畏。将数字彼此混合（加减①），或将它们分开（分数②），或将用它们来计量砖块或面粉的量（度量衡③），都是对它们神性的冒犯。

　　为了庆祝大卫十岁的生日，他和伊内斯送了大卫一块手表，但是大卫拒绝戴上，因为（他说）这表把数字固定在了一个圆环顺序里。他说，九点钟可能是在十点钟之前，但数字九既不在数字十之前，也不在数字十之后。

　　关于阿罗约夫人对数字的热爱，以及她教给学生的舞蹈形式，大卫加入了一些他自己的特殊转换方法：用天空中特定的星星来代表特定的数字。

　　他，西蒙，并不理解学校所教授的洗脑一样的数字哲学（他私下认为那不是哲学，而是邪教）：已故的阿罗约夫人大力宣扬这一点，而阿罗约和他的音乐家朋友对此则更审慎些。他不理解，但是他能容忍它，这不仅仅是出于对大卫的考虑，也是因为他自己的经历。当他心情平静时，在夜晚独自一人的舞蹈中，有时会出现一种短暂的、转瞬即逝的幻觉，就如同阿罗约夫人曾经描述过的状态：

---

①　原文为西班牙语，adición，sustracción。
②　原文为西班牙语，fracciones。
③　原文为西班牙语，lamedida。

多到数不清的银色球体，在无休止的宇宙中，相互环绕着，旋转着，发出一种神秘的嗡嗡声。

他跳舞，他产生幻觉，但他并不认为自己是数字崇拜的皈依者。对于他的幻觉，他有一个合理的解释，总体令他满意的解释：舞蹈平和的旋律，再加上长笛催眠般重复的曲调，会诱发一种恍惚状态，将一些碎片从记忆深处被吸上来，在眼前打旋。

大卫不会或不想做加法。更令人担忧的是，他也不愿读书。就是说，在通过《堂吉诃德》自学了阅读之后，他就再不感兴趣阅读任何其他的书籍。他把儿童缩写版的《堂吉诃德》熟记于心；他认为这不是一个虚构的故事，而是一段真实的历史。在这个世界的某个地方，或者如果不是在这个世界，那么就是在下一个世界里，堂吉诃德骑着他的马驽骍难得在外游历，桑丘骑着驴跟在他身后快步紧追。①

他和大卫就《堂吉诃德》有过争论。他说，如果你打开其他书籍读一读，你就会发现除了堂吉诃德之外，这个世界还有许多男主人公，以及女主人公，都是通过作者的丰富想象创造出来的结果。事实上，作为一个有天赋的孩子，你可以自己创造你的主人公，并让他们到世界各地

---

① 堂吉诃德、驽骍难得、桑丘等译法均出自人民文学出版社《堂吉诃德》杨绛译本。

10

进行冒险。

大卫根本不听他的话。"我不想读其他书，"他不屑一顾地说，"我已经会阅读了。"

"关于什么是阅读，你的理解是错误的。阅读不只是将印刷的符号变成声音。阅读是更深层次的事情。真正的阅读是听到这本书要说的内容并思考它，甚至可以在你的脑海中与作者进行对话。这意味着去了解世界——那个真实的世界，而不是你希望要的世界。"

"为什么？"大卫问道。

"为什么？因为你年幼无知。只有敞开自我了解世界，你才会摆脱你的无知。敞开自我了解世界的最好方法就是阅读其他人所说的话，那些没有你那么无知的人所说的话。"

"我了解这个世界。"

"不，你不了解。除了你自己有限的经验之外，你对世界一无所知。跳舞和踢足球本身是很好的活动，但他们并没有教你关于这个世界的知识。"

"我读过《堂吉诃德》。"

"我再说一遍，《堂吉诃德》并不是这个世界。它离这个世界距离很远。《堂吉诃德》是一个被蛊惑的老人所虚构出来的故事。这是一本有趣的书，它吸引你进入它的幻想之中，但是幻想并不是真实世界。事实上，这本书的信息正是为了警告像你这样的读者不要像堂吉诃德一样陷入一个虚幻的世界，一个充满幻想的世界。难道你不记得这本书是如何结束的吗？堂吉诃德醒悟过来并告诉他的侄女烧掉他的书，以保证将来不会有人想着追寻他疯狂的道路。"

"但她没有烧掉他的书。"

"她烧了！书中可能没有这么说，但她确实这么做了！她太高兴终于摆脱它们了。"

"但是她没有烧掉《堂吉诃德》。"

"她不能烧掉《堂吉诃德》，因为她在《堂吉诃德》里面。如果你在书的里面，如果你是书中的一个角色，你是烧不掉这本书的。"

"你可以。但她没有烧掉这本书。因为如果她这样做了，我就不会读到《堂吉诃德》了。它早已经被烧光了。"

在和男孩这样争论之后，他既感到困惑又感到莫名地自豪：感到困惑的原因是他无法在辩论中说服一个十岁的孩子；感到自豪的原因是一个十岁的孩子可以如此巧妙地将他一局。他告诉自己，这孩子可能是懒惰的，这孩子可能是傲慢的，但这孩子至少不是愚蠢的。

第 三 章

时不时地，在晚饭之后，男孩会让他们两个坐在沙发上（"来吧，伊内斯！来吧，西蒙！"），然后为他们表演他所谓的 un espectáculo，一场演出。这些时刻是他们感到作为一家人最亲近的时候，也是男孩最清楚地表达对他们的感情的时候。

大卫在他的演出中演唱的歌曲来自于他在课堂上与阿罗约先生合唱的曲目。其中许多是阿罗约自己的作品，题献给一个她（很可能是阿罗约的亡妻）。伊内斯并不认为这些曲目适合儿童，他也同意她的保留意见。尽管如此，他仍觉得，当阿罗约听到他的作品由一个大卫这样的少年用纯净清脆又稚嫩的声音唱出来，一定神清气爽。

"伊内斯，西蒙，你们想听一首神秘的歌吗？"在法布里坎特来访那天的夜晚，男孩问他们两位。然后，他就带着一种非比寻常的既紧张又富有感染力的声音，高声唱了起来：

> In diesem Wetter, in diesem Braus,
> nie hätt' ich gesendet das Kind hinaus -
> Ja, in diesem Wetter, in diesem Braus,

durft'st Du nicht senden das Kind hinaus! ①

"这就是歌曲全部吗?"伊内斯问道,"这首歌很短。"

"我今天为胡安·塞巴斯蒂安演唱了这首歌。我本来打算唱另一首歌,但是当我张开嘴时,这首歌自己就唱出来了。你们知道它的意思吗?"

他慢慢地重复着这首歌,小心翼翼地说出那些奇怪的词汇。

"我不知道这曲子的意思。阿罗约先生怎么说?"

"他也不知道。但是他告诉我不要担心。他说,如果我这辈子不知道这曲子的意思,下辈子我会找到答案。"

"他有没有考虑过,"他,西蒙说道,"也许这首歌不是来自你的下辈子,而是来自你的前生——你在踏上大船,漂洋过海之前的生活?"

男孩沉默了。他们的谈话到此结束,那天晚上的演出也到此结束。第二天,当他和大卫独处时,男孩又回到了这个主题。"西蒙,在我漂洋过海之前,我是谁?在我开始讲西班牙语之前,我是谁?"

"我会说,与今天的你是同一个人,除了长得会有些许不同,叫着另一个名字并说着另一种语言。当你漂洋过海的时候,所有这些伴随着你的回忆都被冲走了。不过,要回答'我是谁?'这个问题,我会说,在你的心里,在

---

① 歌词是德语,大意是:在这样的天气里,在这样的阵雨中,/我从来没有把孩子送出去——/是的,在这样的天气里,在这样的阵雨中,/你一定不能把孩子送出去!

14

你的核心，你就是你自己，你自身，唯一的自我。否则说你忘记了你曾经说的语言等等就没有意义了。因为除了那个你的自我，你内心深处保护的那个自我以外，还有谁在那里忘记呢？这就是我的看法。"

"但我并没有忘记一切，是吗？In diesem Wetter in diesem Braus，我记得这话，只是我不记得它的意思是什么了。"

"确实。或者，正如阿罗约先生所暗示的那样，你说的这些话并不是来自于你的前生，而是来自于你的后世。在这种情况下，如果说它来自于 memoria①，记忆，就会不准确了，因为我们只能记住过去的事情。我会将你说的话称作 profecía，预言，就好像你记得后世一样。"

"你认为它是什么，西蒙，是前生？还是后世？我认为这是后世。我觉得它来自于我的后世。你记得后世吗？"

"不，唉，不论是前生，还是后世，我一点都不记得。和你相比，年轻的大卫，我是一个非常愚笨的家伙，根本没有特殊之处，事实上我是特别的反义词。我像一头牛一样生活在当下。无论是记得过去，还是未来，这都是一个非凡的天赋，这一点，我相信阿罗约也会同意。你应该随身携带一个笔记本，这样你就可以想起什么，记下来什么，尽管它们可能看似毫无意义。"

---

① 西班牙语，之后译文中西班牙语和同义英语并列的，译者将西班牙语原文与同义词并置。

"或者我可以告诉你我记得的事情，你可以写下来。"

"好主意，我可以做你的秘书①，一个记录你秘密的人。我们可以把它做成一个项目，你和我一起来做。不要等待着事情出现到你的脑海中——比如说神秘的歌曲——我们可以在你早上醒来，或入睡之前，每天留出几分钟，集中精力尝试记住过去或未来的事情。我们要这样做吗?"

男孩沉默不语。

① 原文为西班牙语，secretario。

第 四 章

那周的星期五，没有任何开场白，大卫直接宣布："伊内斯，明天我要去踢足球。你和西蒙必须来观看。"

"明天？亲爱的，明天我不能来。星期六是商店最忙碌的一天。"

"我将为一支正式的球队踢球。我将成为第 9 号球员。我要穿白上衣。你得给我做一个 9 号的号码牌，把它缝到衣服后面。"

随着这个正式球队进入新阶段，它的细节特征一点点地显露出来。上午九点钟的时候，一辆面包车会来公寓把男孩子们接走。男孩们需要穿着背面带有黑色 1 至 11 数字号码的白色上衣。十点整的时候，他们会以"黑豹队"的名称与孤儿院的老鹰队交锋。

"谁选了你们这支球队的队员？"他问。

"我选的。"

"那么你是队长，是首领？"

"是的。"

"谁让你当队长的？"

"所有的男孩。他们希望我成为队长。我给他们每个人分配了球员号码。"

第二天早上，孤儿院的面包车准时到达，司机是一位穿着蓝色工作服的沉默寡言的男子。并非所有的男孩都准备好了——他们必须派个人去叫卡利托斯，他睡过头了；也并不是所有人都按照要求穿着白色上衣、后身带黑色号码牌——事实上，并非所有人都穿着正规的足球鞋。不过，多亏伊内斯作为女裁缝的手艺，大卫上衣背面的那个9号非常优雅，看起来非常有队长的样儿。

他和伊内斯目送他们离开，然后他们俩也开车跟随：儿子要带领一支足球队去比赛，这事情的重要性显然要远胜过商店的业务。

孤儿院位于河的另一边，是他从未有理由去探索的城市的一部分。他们跟着面包车穿过一座桥，通过工业区，再往下经过了一条处于仓库和木材场之间的狭窄小路，到了河边豁然开朗：在树荫掩映下，有一群低矮的砂岩建筑，带着一个运动场。各年龄段孩子身着孤儿院深蓝色制服，正在运动场上疯跑着。

一阵冷风袭来。伊内斯穿着高领夹克还好；他没有先见之明，只穿了一件毛衣。

"那是法布里坎特博士，"他指着说，"穿着黑色上衣和短裤的那个男人。看来他将担任裁判。"

法布里坎特博士吹响了他的哨子，充满命令的一声，接着又是一声，并同时挥动他的手臂。孩子们在球场上散开，随后在他身后排成两队，孤儿院的孩子们穿着蓝色上衣，白色短裤，黑色靴子，而公寓的男孩们穿着他们各式各样的衣服和鞋子。

他立刻对球队之间的大小差异感到震惊。一目了然，穿蓝色队服的孩子们要大得多。他们中间甚至还有一个女孩。从她那结实的大腿和膨起的前胸，他认出来那是玛丽亚·普鲁登西亚。其中有些男孩明显地已经过了青春期。相比之下，客场队的球员就太矮小了。

开球之后，年轻的黑豹队球员就退缩了，不愿意与他们那些高大强壮的对手纠缠在一起。很快，蓝队一番冲撞后进了第一个进球，紧接着又进了第二个球。

他转向伊内斯，恼火地说："这不是足球比赛，而是对无辜者的宰割！"

球到了大卫球队的一个男孩脚下，他疯狂地将球向前踢去。他的两个队友跟着球，但是他们被玛丽亚·普鲁登西亚截住了，她踩在球上面，看他们敢不敢把球从她那里抢走，结果他们僵在那里不敢动。她轻蔑地把球传给了侧面自己的队友。

孤儿院的孩子们所遵循的战术虽然简单但有效：他们有条不紊地将球移动到前场，将对手挤开，直到他们能够将球推过那不幸的守门员。等到法布里坎特博士吹响中场结束的哨声时，比分是10：0。公寓里的男孩子们挤在一起，在冷风中颤抖着，等待着宰割的重新开始。

法布里坎特博士重新吹响了比赛开始的口哨。球从一个人身上反弹回来并转向大卫。他把球控制在脚下，像一个幽灵一样飘过第一个对手，第二个，第三个，然后将球射入球门。

一分钟后，球再次送给他。他轻松地绕过防守者；但随后，他没有射门，而是将球传给队友，看着他将球踢到球门的横梁上。

比赛结束了。公寓的男孩们沮丧地离开了球场，而胜利者被欢乐的人群簇拥着。

法布里坎特博士大步走到他们所在的位置。"我相信你很享受这场比赛。这比赛有点一边倒——我为此道歉。但是通过与外界抗衡来证明自己，这对我们的孩子很重要。这对他们的自尊很重要。"

"我们的孩子很难说就是外面的世界，"西蒙回答道，"他们只是喜欢踢足球的孩子。如果你真的想测试你的球队，你应该找一些更强壮的对手踢。你觉得是不是这样，伊内斯？"

伊内斯点了点头。

他很生气，也不在乎法布里坎特博士是否感觉被冒犯。但是法布里坎特没在意这斥责。他说："输赢不是最重要的，重要的是，孩子们参与了，尽力了，踢到了他们极致的水平。然而，在某些情况下，获胜确实成为一个重要因素。我们这次比赛就是这样的一个案例。为什么这么说呢？因为我们的孩子本是处于劣势的一方。他们需要向自己证明他们可以与外界竞争——竞争并取得胜利。当然你们也看到了这一点。"

他完全没看到这一点；但是他不想参与辩论。他从开始就没喜欢过这位教育者，法布里坎特博士；他希望再也不要见到他。"我冻极了，"他说，"我想这些孩子们也很冷。司机在哪里？"

"他马上就到。"法布里坎特博士说。他停顿了一下，向伊内斯说道，"夫人，我可以私下跟你谈谈吗？"

他，西蒙，走开了。孤儿院的孩子们重新占据了球场，忙于各种各样的游戏，无视那些被他们征服的来访球队的队员，他们站在那里，惨兮兮地等待着面包车来把他们送回家。

面包车来了，黑豹队的队员们争抢地上车。当他们的车即将开走的时候，伊内斯过来敲打着窗户说："大卫，你和我们一起回家。"

大卫不情愿地从面包车里下来，问："难道我不能和其他人一起回去吗？"

"不可以。"伊内斯冷冰冰地说。

在回来的路上，她心情不好的原因显露出来了。"这是真的吗，"她问道，"你真的告诉法布里坎特博士，你想离开家住在他的孤儿院吗？"

"是的。"

"你为什么这么说？"

"因为我是一个孤儿。因为你和西蒙不是我真正的父母。"

"你和他这么说的吗？"

"是的。"

他，西蒙，插话了。"别生气，伊内斯。没有人会相信大卫的故事，尤其是一个管理孤儿院的人。"

"我想为他们的球队效力。"男孩说。

"你要为了足球离开家吗？就为了给孤儿院的足球队踢球？你对自己的团队，你自己的朋友感到羞耻吗？这是你要告诉我们的意思吗？"

"胡里奥博士说我可以在他的球队里踢球。但是首先我必须是一个孤儿。这是规则。"

"然后你就说，很好，我会否认我的父母，并声称自己是一个孤儿，一切都是为了踢足球？"

"不，我没有这么说。我说的是，为什么有这种规则？他说，因为这就是规则。"

"这就是他所说的？这就是规则？"

"他说，如果没有规则，每个人都会想为他们的球队效力，因为他们的球队非常棒。"

"他们不是非常棒，他们只是年龄大，长得强壮。法布里坎特博士还说了什么？"

"我说我是个例外。他说，如果每个人都是例外，那规则就没有用了。他说生活就像一场足球比赛，你必须遵守规则。他就像你一样。他什么都不明白。"

"嗯，要是胡里奥博士什么都不明白，如果他的球队是一帮恃强凌弱者，你为什么想去和他一起住在他的孤儿院里？仅仅是为了能在获胜的球队踢球吗？"

"获胜有什么不好的？"

"获胜没什么不好的。失败也没什么不好的。事实上，作为一项规则，我会说成为输家中的一员，要比加入那些不惜一切代价要赢的群体更好些。"

"我想成为赢家。我想不惜一切代价成为赢家。"

"你还是个孩子。你的经历是有限的。你还没有来得及看到那些不惜一切代价试图取胜者的结局。他们最后会变成恶霸与暴君，其中大部分都是如此。"

"这不公平！当我说一些你不喜欢的东西时，你说我还是个孩子，因此我所说的并不重要。只有我同意你的意思才算数。为什么我必须永远赞同你？我不想像你这样说话，我也不想和你一样！我想成为我想成为的人！"

这次爆发背后隐藏着什么？法布里坎特对这个男孩说了些什么？他试图抓住伊内斯的眼神，但是她的眼睛盯着前方的路。

"我们还在等着你告诉我们，"他说，"除了足球以外，还有什么原因让你想要去孤儿院？"

"你们从来不听我说话，"男孩说，"你们不倾听，所以你们不会明白。没有什么原因。"

"所以胡里奥博士不理解，我也不理解，也没有任何原因。除了你自己，还有谁理解？伊内斯理解吗？你理解吗，伊内斯？"

伊内斯没有回复。她没打算帮他解围。

"在我看来，年轻人，你是那个什么都不理解的人，"他咄咄逼人地继续说道，"到目前为止，你一直生活很得轻松惬意。你妈妈和我都惯着你，这是普通孩子都没得到过的待遇。因为我们认为你是与众不同的孩子。但我现在开始怀疑你是否明白作为与众不同的人意味着什么。与你所想的相反，这并不意味着你可以自由地想做什么就做什么。这并不意味着你可以忽略这些规则。你喜欢踢足球，但如果你不遵守足球规则，裁判会把你罚出场外，他也有权力这样做。没有人凌驾于法律之上。没有什么可以处于所有规则之外。一个普遍的例外这种说法本身就是一种悖论。这是毫无意义的。"

"我和胡里奥博士讲了你和伊内斯。他知道你们不是我的真正父母。"

"你对胡里奥博士讲了什么一点都不重要。胡里奥博士不能把你从我们身边带走。他没有这样的权力。"

"他说，如果有人对我做了不好的事情，他就可以给我提供庇护。不好的事情就是那个例外了。如果有人对你做了不好的事情，你可以获得庇护进孤儿院，不管你是谁。"

"你这是什么意思？"伊内斯开始第一次张口说话，"谁一直在对你做不好的事情吗？"

"胡里奥博士说，他的孤儿院是一个避难岛。任何受害者都可以去他那里，他会保护这个人。"

"有谁在一直对你做不好的事情吗？"伊内斯再次发问道。

男孩沉默了。

伊内斯减慢了车速，将车停在路边。

"回答我，大卫，"她说，"你告诉过胡里奥博士，说我们一直在对你做不好的事情吗？"

"我不用回答。我还是孩子，我无须回答。"

他，西蒙，说话了："我很困惑。你有没有告诉胡里奥博士，我们一直在对你做不好的事情？"

"我用不着告诉。"

"我不明白。你用不着告诉我，还是你用不着告诉胡里奥博士？"

"我用不着告诉任何人。我可以去他的孤儿院，他会给我提供庇护。我不必说为什么。这是他的哲学。没有任何原因。"

"他的哲学！你知道这些字的意思吗：malas cosas，不好的事情，你知道它的含义吗？还是你只是把这些词汇拾起来，像石头一样，扔出去伤害周围的人？"

"我用不着告诉。你知道的。"

伊内斯再次打断了他们的话："西蒙知道的？大卫你这样说是什么意思？西蒙一直在对你做什么事情吗？"

这就好像晴天霹雳。毫无征兆地在伊内斯和他之间切出一道裂痕。

"把车掉头，伊内斯，"他说，"我们必须面对面质问那个男人。我们不能让他用有害的想法影响孩子。"

伊内斯说："回答我，大卫。这是一个严重的问题。西蒙一直在对你做什么事情吗？"

"没有。"

"没有吗？他没有对你做过什么？那你为什么要做出这些指控呢？"

"我不解释。孩子并不需要解释。你们要我遵守规则。这就是规则。"

"如果西蒙下车，你会告诉我吗？"

男孩没有回复。他，西蒙，下了车。他们到达了连接城市东南部和西南部的那座桥。他靠在桥的栏杆上。一只孤零零的苍鹭栖息在下面的岩石上，无视他的存在。这是一个什么样的上午？首先是场荒谬的足球比赛，现在是孩子的鲁莽、破坏性的指责。我不必告诉你你对我做了什么。你懂的。他到底做了什么？他从来没有在这个男孩身上留下一个不纯洁的手印，从未有过任何不纯的想法。

他敲了敲车。伊内斯把窗户摇下来。"我们可以回到孤儿院吗？"他说，"我需要和那个可恶的男人对峙。"

"我和大卫，我们两个人正在说话，"伊内斯说，"等我们说完了，我会告诉你的。"

苍鹭飞了。他沿着路堤跪下，跪下身去喝水。

大卫从桥上挥手大喊："西蒙！你在做什么？"

"喝点水。"他爬上堤岸，"大卫，"他说，"你肯定知道这不是真的。你怎么能相信我曾经伤害过你？"

"事情不一定要是真实的，它才是真的。你就只会说：这是真的吗？这是真的吗？这也是为什么你不喜欢堂吉诃德。你认为他不是真的。"

"我喜欢堂吉诃德。即使他不是真的，我也喜欢他。我只是和你喜欢他的方式不一样。但堂吉诃德与所有这一切——这糟心事，有什么关系？"

男孩没有回答，但是戏谑又傲慢地看了他一眼。

他回到车里，尽可能冷静地和伊内斯说话："在你做任何鲁莽的事情之前，请反思一下你所听到的。大卫说，因为他还是个孩子，所以他不必像其他人那样遵循同样的真实标准。所以他可以自由地编造故事——关于我，关于世界上的任何人的故事。设想一下吧。想想，你也要小心。明天他就会编造关于你的故事。"

伊内斯直视前方。"你想让我做什么?"她说，"我已经浪费了整整一个上午的时间看球赛。我的店还需要打理。大卫需要洗个热水澡，穿上干净的衣服。如果你想让我带你回到孤儿院，与胡里奥博士对质，那你就说出来。但要是那样的话，你必须自己想办法回家。我不能在那里等你。那么，告诉我你想要做什么。"

他想了想。"我们回家吧，"他说，"我在星期一的时候去拜会这个胡里奥博士。"

第 五 章

　　星期一他做的第一件事情就是给孤儿院打电话，预约见孤儿院的院长。因为伊内斯正在用车，所以他不得不骑着他那辆沉重的送货自行车，花了将近一小时的时间才到孤儿院。在法布里坎特那位令人畏惧的秘书兼门房的注视下，他在前厅里等待着。

　　最后，他被领入院长办公室。法布里坎特和他握了握手，给他拿了一把椅子。窗口洒进来的阳光暴露了法布里坎特眼角上的鱼尾纹；他的头发紧紧地梳理到脑后，发色如此浓黑，很可能是染的。尽管如此，他的身材仍然很匀称，散发着充沛的精力。

　　"谢谢你参观比赛，"他开始说道，"我们的孩子对观众不太习惯。因为显而易见的原因，他们没有家人为他们加油。现在，毫无疑问，你想知道年轻的大卫为什么加入我们。"

　　"事实上，胡里奥先生，"他尽量克制地回答说，"这不是我来这里的原因。我来这里是回应一个针对我个人的指控，而这个指控是有你插手的。你一定知道我是指什么。"

法布里坎特博士身体向后靠去，握起双手抵住下巴。"我很抱歉，事情发展到现在这样，西蒙先生。但是大卫并不是第一个来找我寻求保护的孩子，而且你也不是第一个我作为保护者必须面对的成年人。来吧，说吧。"

"前几天你来公园的时候，你假装是在那里看足球。但事实是，你是在寻找你这个孤儿院的新成员。你正在寻找像大卫这样易受影响，可能会陷入成为孤儿的传奇浪漫想法之中的孩子。"

"你这是乱说。成为一个孤儿一点也不传奇浪漫。远非如此。但你请继续说。"

"我所指的传奇浪漫，是说一些孩子会觉得，如果他们的父母不是他们真正的父母，他们真正的父母是国王和王后，或吉卜赛人，或马戏杂技演员，这样会很迷人。你寻找易受影响的孩子，并给他们的头脑灌输这样的故事。你告诉他们，如果他们谴责他们的父母并离家出走，你会接纳他们进来。为什么？为什么传播这种伤天害理的谎言？大卫从未被虐待过。在你出现之前，他甚至不知道这个词。"

"遭受伤害的人不必知道受伤害这个词，"胡里奥博士说，"你可能到死都不知道杀死你的那种东西的名字。比如心绞痛。颠茄。①"

他站了起来。"我来这里不是为了和你进行辩论。我来是告诉你，你不会从我们这里带走大卫。我会步步与你

---

① 原文为西班牙语，Angina pectoris 和 Belladonna。

抗争，他的母亲也将如此。"

胡里奥博士也站了起来。"西蒙先生，你不是第一个到这里来威胁我的人，你也不会是最后一个。但是我有社会赋予我的某些义务，其中首要的就是为受虐待和被忽视的儿童提供庇护所。你说你会为留住大卫而战斗。但是——如果我说错了，请你纠正我——你并不是大卫的生身父亲，你的妻子也不是他的生身母亲。鉴于此，在法律层面上讲，你们的身份是不牢靠的。我就不多说了。"

三年前，阿罗约先生的第二任妻子安娜·玛格达莱纳去世，加之相关的丑闻，学校经历了一段艰难时期。一半的学生被父母带走；工作人员的工资无法支付。他，西蒙，属于极少数的好心人，他们支持着阿罗约先生保住了他的学校。

如果相信伊内斯和她在"摩登时装"的同事传出来的八卦，专校已经度过了风暴，转型为一个音乐学校后甚至开始繁荣发展。学生的主体部分来自乡村小镇，他们住校并在那里接受所有的学业教育。但大部分的学生还是来自埃斯特雷拉的公立学校，他们只是来上音乐课。音乐理论和作曲课程是由阿罗约本人讲授；声乐课程和其他乐器课程由他外请的专业教师来教授。学校仍然提供舞蹈课程，但这已经不再是学校的核心课程了。

对于阿罗约的音乐素质，他，西蒙，怀着深深的敬意。如果阿罗约在埃斯特雷拉没有多少名望，那是因为埃斯特雷拉是一个沉闷闭塞的城镇，没有什么文化生活。至于阿罗约的音乐哲学理念，对高等数学的借用，以及把人类双手创造的音乐顶多看作音乐世界的微弱回声的想法，他是始终无法真正理解的。但至少它是一种自治的哲学，大卫接触了这种哲学并没有受到伤害。

从法布里坎特博士和他的孤儿院那里出来，他直奔学校里阿罗约的房间。阿罗约像平时一样礼貌地接待他，给他准备了咖啡。

"胡安·塞巴斯蒂安，我会尽量简短地说。"他说，"大卫告诉我们他想离开家。他认定他是这个世界上的孤儿——孤儿 huérfano 这个词一直都吸引着他。他被一位自称为教育家、在城市东边经营一家孤儿院的胡里奥·法布里坎特博士某种浪漫的胡言乱语鼓舞了。你碰巧认识这个男人吗？"

"我认识他。他是实用教育的倡导者，公然反对和蔑视书本学习。他在孤儿院经营着一所学校，那里的孩子们只学习一点阅读、写作和计算的基本知识，然后就接受木工，水管工或糕点厨师培训之类技能的培训。还有什么来着？他很强调纪律，性格塑造和团队精神。孤儿院有一个合唱团经常赢得奖项。法布里坎特本人在市议会中有追随者。他们认为他是一个后起之秀，一个有未来的人。但是我从未见过他。

"情况是，法布里坎特博士许诺大卫可以在孤儿院的足球队中占有一席之地，从而控制了这孩子。我直接进入正题。如果大卫离开家并进入法布里坎特的孤儿院，他将

31

不得不放弃在这个学校的课程。每天来回的路程太远了，而且我也不认为法布里坎特会允许他这样做。"

阿罗约抬起手打断了他："在你继续说之前，西蒙，让我和你坦白一件事情。我很清楚你儿子对孤儿状态的迷恋。事实上，他以间接的方式请我跟你谈谈这件事。他说你不能或不愿意理解。"

"我必须开诚布公地承认自己确实不理解。大卫除了被孤儿状态所吸引之外，他还有很多地方让我不理解。首先，对我来说很困惑的就是，为什么像大卫这样一个让人难以理解的孩子被委托给我们这样理解力如此弱的监护人。我指的是我自己，但是我必须要接下来补充一下，伊内斯也和我一样困惑。如果是他的生身父母照顾他，大卫的状况会更好。但他没有生身父母。他只有我们两个人，我们这样能力不足的，被选出来的父母。"

"你认为他的亲生父母对他的了解会更多吗？"

"至少他们与他是同质的，血脉相连。伊内斯和我只是普通人，我们从内心深处相信爱是纽带，然而显然光有爱是不够的。"

"所以说，如果你和大卫的血脉相连，那么你可能更容易理解他为什么想离开家并住在东边的孤儿院中——这就是你要说的吧？"

阿罗约在嘲笑他吗？"我完全清楚，"他僵硬地回答说，"要求孩子回应父母的爱是不公平的。我也知道，随着孩子的成长，孩子可能会开始发现家庭的拥抱令人窒息。但大卫只有十岁。十岁的孩子想要离开家，这年龄还是太小了。太早也太容易被伤害。我不喜欢法布里坎特博士。我不相信他。他以一种我无法重述的方式，向大卫灌输了一些对我不利的想法。我不相信他是一个能正确引导孩子道德发展的人。我也不相信孤儿院的孩子会成为大卫的好伙伴。我看过他们如何踢足球。他们是恃强凌弱的人。他们通过恐吓对手的方式来赢得比赛。年龄较小的孩子向大孩子们学，法布里坎特博士根本不管束他们。"

"所以你不相信法布里坎特博士，你担心他的孤儿们会把大卫变成一个仗势欺人者，或者野蛮人。但是考虑一下，如果发生的不是这样的事情呢？如果大卫会驯服法布里坎特那里的野蛮人，将他们变成温柔、得体、服从的模范公民呢？"

"别和我开玩笑了，胡安·塞巴斯蒂安。孤儿院里的孩子都十五六岁了，甚至有的更大些。他们不会听一个十岁孩子的指导。他们会滥用他。他们会腐蚀他。"

"嗯，你比我更了解这家孤儿院，我从来没有去过那里。我相信我能帮你的也就这些了，西蒙。我所能提供的最佳建议是，你和大卫坐下来讨论一下你们当下的处境，不要忽略你自己的立场：一个受冷落的父亲被满腹的悲伤、困惑，也许还有愤怒包围着。"

他要站起身来，但阿罗约阻止了他。"西蒙，让我说完最后一句话。你的儿子有责任感和担当精神，这在一个十岁孩子的身上是非常不寻常的。这也是他与众不同的一个重要原因。他想要住在孤儿院的原因并不是因为他觉得做孤儿是个传奇浪漫的想法。在这个方面，你是错的。无论出于何种原因，也许根本没有理由，他对法布里坎特的孤儿，对总体的孤儿，世界的孤儿有一定的责任感。至少这是他告诉我的，我也相信他。"

"这就是他告诉你的。他为什么不告诉我呢？"

"因为他觉得你是不会理解的，不会有同理心。他这么想可能是对的，也或许错了。"

第 六 章

晚饭的时间到了，但大卫没有出现。正当他，西蒙，要去寻找迷失的羔羊时，迷失的羔羊自己出现了。他的鞋子和衣服上都是泥，上衣也撕破了。

"你怎么了？"伊内斯问道，"我们都急坏了"。

"我的自行车坏了，"男孩说，"我不得不走着回来。"

"好吧，洗个澡，换上睡衣，我把你的食物放在烤箱里热一下。"

吃晚餐的时候，他们试图再问出一些话来。但是男孩狼吞虎咽地把食物吃了下去，拒绝说话，接着回到自己的房间，砰地把门关上了。

"他为什么脾气这么糟糕？"他低声问伊内斯。

她耸了耸肩。

早上他到棚子里去查看破损的自行车，但是那里没有自行车。他敲响了伊内斯的门。"大卫的自行车不见了。"他说。

"他的衣服上能闻到香烟的味道，"伊内斯说，"十岁的孩子就开始吸烟了。我完全不喜欢这一点。我现在得走了。等他醒来时，我希望你和他谈谈。"

他小心翼翼地打开男孩房间的门。男孩趴在床上睡得正香。他的头发和指甲上都有泥巴的痕迹。他抓住他的肩膀，轻轻地摇了摇。"该起床了。"他低声说。男孩咕哝着转过身去。

　　他闻了一下大卫扔在浴室里的衣服。伊内斯是对的：衣服上有烟味。

　　孩子十点多才起来，揉着眼睛。

　　"你能解释一下昨晚发生的事吗？"他，西蒙，问道，"首先说一下你的自行车哪里去了？"

　　"车轮变形了，所以我骑不动它。"

　　"自行车在哪里？"

　　"在孤儿院。"

　　就这样，问一句答一句，事情的经过初具雏形。大卫骑自行车到孤儿院去踢足球。在孤儿院，一个年纪较大的男孩抢占他的自行车并将它骑到了水沟里，压扁了前轮。大卫扔掉了自行车，在黑夜中走回家。

　　"你去踢足球，有人弄坏了你的自行车，你走着回家。这是整个故事吗？你告诉我全部的内容了吗？大卫，你从未对我们撒过谎。请不要从现在开始撒谎。你在抽烟。我们可以闻到你衣服上的烟味，伊内斯和我都闻到了。"

　　更多的经过一点点地展现出来。在踢过足球之后，孤儿院的孩子们支起了篝火来烤他们在河里抓到的青蛙和鱼。年纪大一点儿的男孩和女孩们在抽烟和喝酒。他，大卫，没有吸烟，也没有喝酒。他不喜欢葡萄酒。

"你认为一个十岁的孩子应该与那些年长的，并且抽烟喝酒的男孩和女孩打交道吗？老天知道他们还干过什么！"

"他们还干了什么其他的事情？"

"不说了。你在公寓楼里的这些朋友对你来说不够好吗？你为什么要去孤儿院？"

在此之前，大卫一直足够温顺地回答他的提问。但现在他火了。"你讨厌孤儿！你认为他们很糟糕！你希望我成为你认为我该成为的人，你不希望我成为我认为自己该成为的人。"

"你认为你是谁？"

"我就是我自己！"

"在那个比你更壮的男孩抢走你的自行车之前，你本来是你自己。在那之后你就只是一个无助的十岁小男孩。我从来没说过孤儿院的孩子们是坏孩子。没有坏孩子这样的概念。孩子都是一样的，或多或少。除了年龄是有差异的。一个十岁的男孩与一个孤儿院里十六岁的男孩不一样，因为在那里，规则更加宽松，以至于儿童吸烟喝酒也可以免责①。"

"什么是免责？"

"就是不受惩罚。不受胡里奥博士的惩罚。"

"你讨厌胡里奥博士。"

"我不讨厌胡里奥博士，但我也不喜欢他。我觉得他

---

① "免责"原文用的词汇是 impunity。

傲慢而虚荣。我也不相信他是一位好教育者。我认为他的孤儿院想收留你是出于他个人目的，而你的社会经验太少，你还看不到他的目的。"

"过去你不喜欢德米特里，现在你不喜欢胡里奥博士！你不喜欢任何有博大心胸的人！"

德米特里！他以为男孩已经忘记了德米特里，那个掐死了阿罗约夫人的怪物。他被宣布为精神失常，自那以后就一直被关起来。

"德米特里没有博大的胸怀，大卫——远非如此。德米特里是个彻头彻尾的坏蛋，他的心是最黑的。至于胡里奥博士，你想要跟随他的理由对我来说完全是一个谜。"

"我没有理由，而且我也没有跟随胡里奥博士。我做任何事情都没有任何理由。你才是做事情需要有理由的人。"

他从桌子旁站起来。他和男孩之前就经常讨论成这个样子。他厌倦了这种讨论。"你母亲和我已经决定你应该停止探访胡里奥博士的孤儿院。就是这样，不多说了。"

伊内斯回家时，他给她汇报了一下。"我和大卫谈过了。他说他和一些吸烟的大孩子在一起。他自己并没有吸烟。我相信他。但我已经告诉他，以后不可以再去孤儿院了。"

伊内斯心不在焉地摇了摇头。"他应该从一开始就去一所普通的学校。那么这类孤儿院的事情就都不会发生了。"

大卫应该去普通的学校：这是他无数次据理力争的另

一个问题。他和伊内斯已经在一起五个年头，已经到了可能彼此厌烦的时间段。如果他能自由选择，那么伊内斯并不是那种他原本会选择的女人，正如他也不是如果让伊内斯选择，她原本会愿意选择的男人。但从某种意义上说，她是男孩的母亲，他是男孩的父亲，因此从某种意义上说，他们是无法分开的。

至于这个男孩，他年轻且躁动不安。他厌倦了公寓楼里一成不变的生活，这不足为奇；他准备放弃他的家庭，放弃他的父母，并投入到作为孤儿、带有异域情调的新生活中，这也不足为奇。

伊内斯和他应该如何回应？禁止他与孤儿院的所有人接触，还是放飞这个男孩，让他跑到外面去冒险，并期盼着他迟早会大失所望地归巢？他倾向于后者；但是伊内斯能被说服，放她的儿子走吗？

他被一阵叮叮当当的敲门声吵醒了。时间是 6：30；太阳尚未升起。

这是一个身着蓝色工装服的男人，是孤儿院的司机。"早上好，我来接小伙子。"

"大卫？你来接大卫？"

台阶上一阵嘈杂声，然后大卫自己出现了，他背着挎包，手上拖着一个伊内斯的大号购物袋。

"这是要做什么？"他，西蒙问道。

"我要去孤儿院。"

伊内斯穿着睡衣，头发蓬乱地出现了。"这个人为什么在这里？"她问道。

"我要去孤儿院。"男孩重复道。

"你不可以这样做!"

她试图从他手上抢过来袋子,但是他躲开了。"别管我,不要碰我!"他大喊,"你不是我妈妈!"

他,西蒙,对司机说:"你应该离开。这里面有误会。大卫是不会去孤儿院的。"

"我会去的!"男孩哭喊着,"你不是我父亲!你不能告诉我该怎么做!"

"请离开!"他向司机重复道,"我们自己会解决这个问题。"

司机耸耸肩离开了。

"现在让我们上楼,冷静地谈一下这件事情。"他说。

男孩一脸冷冰冰地交出手中的袋子。他们三人上楼到伊内斯的公寓里。男孩退回到他的房间,猛地把门关上。

伊内斯把包里的东西倒在地板上:衣服、鞋子、《堂吉诃德》、两包饼干、一罐桃子和开罐器。

"我们该怎么办?"他说,"我们不能把他囚禁起来。"

"你站在哪一边?"伊内斯问道。

"我站在你这边。我们是一起的。"

"那么,就想想办法。"

我们不能囚禁他。然而,当伊内斯上班后,他坐在沙发上,防范着。

他闭上了眼睛。当他再次睁开眼睛时,男孩的房门打开了,男孩离开了。

他打电话给伊内斯。"我睡着了,大卫跑掉了,"他说，"我很抱歉。"

"抱歉没有用，"伊内斯说，"你总是很抱歉。你打算怎么办呢？"

"我什么都不做。我要听天由命。"

"命？你是说大卫命中注定要离开我们并住在孤儿院吗？"

"不是。过一段时间，当他吸取教训后，他会回来。我对此充满信心。"

"好吧，"伊内斯说，"这可是你说的。"

第 七 章

到了星期六，他骑自行车到孤儿院去观看足球比赛。
但孤儿院的运动场上没有人。

在娱乐室，他看到三个女孩在打乒乓球。

"今天没有足球比赛吗？"他问。

"他们正在其他地方打比赛。"其中一个女孩回答道。

"你知道在哪里吗？"

她摇了摇头。"我们不喜欢足球。"

"你认识一个名叫大卫的男孩吗？他最近加入了孤
儿院。"

女孩们互相瞥了一眼，咯咯笑着说："是的，我们认
识他。"

"我打算写一张便条，当他回来时我要你们给他。你
们能做到吗？"

"可以的。"

他在一片纸上写道：我今天早上来看你，希望看到你
的球队踢球，但是没看到。下一个星期六我会再来试一
次。如果你需要我从家里给你拿什么东西，请告诉我。伊
内斯让我转达她的爱。玻利瓦尔也很想念你。爱你的

西蒙。

伊内斯是否真正地想让他转达她的爱，他并不知道：从男孩离开的那天起，她几乎没有和他说过话。

日子过得很慢。他在公寓里独自跳了很多舞。这使他进入一种愉快的无忧状态；等跳累了，他可以睡觉。对心脏有益，对灵魂有益，当他沉入黑暗之中时他是这样告诉自己的。这当然比饮酒更好。

下午，空寂的下午是最糟糕的。他带着狗出去散步，但会避开公园里的足球比赛以及男孩们好奇的问题（大卫怎么啦？他什么时候回来？）。玻利瓦尔已经太老了，不能走很远的路，所以大多数情况下他和他的狗会找个地方停下来，在拐角处的小石头花园里打瞌睡，消磨时间。

他思考着，随着大卫的离开，玻利瓦尔就成了把我们这个小家拴在一起的全部。这就是给伊内斯和我的下场吗：做一只年迈老狗的父母？

星期六到了。他又一次骑自行车去孤儿院。足球比赛已经开始了。孤儿们的对手是一群穿着黑白条纹上衣的球队，这个球队显然比公寓楼里那些衣衫参差不齐、天真无知的男孩们更有技巧，也受过更好的训练。他和为数不多的几个成年人站在场边一起观看比赛，黑白条纹队的三名队员进行了一次漂亮的传球，让对方防守队员陷入困境，差点进了一个球。

大卫在远处的边路上，他的蓝色球衣看起来很精神，背面是 9 号的号码。

"我们在和谁比赛?"他询问旁边的年轻人。

那个年轻人奇怪地看着他。"老鹰队。孤儿院的球队。"

"比分呢?"

"还没有进球。"

黑白条纹队擅长控球。孤儿院的孩子们反复发起挑战却一直处于劣势。这时出现了丑陋的一幕,一个黑白条纹队的队员被冲撞得倒在地上。法布里坎特博士作为裁判严厉地训斥了犯规者。

就在半场休息之前,一名黑白条纹队的前锋将守门员引诱出来,然后潇洒地将球射入球门,球越过了守门员的头顶。

在休息期间,法布里坎特博士把孤儿们聚拢在球场中间,并详细指导他们在下半场所要采取的策略。他,西蒙觉得这似乎很奇怪,裁判怎么还是其中一个队的教练,但似乎没有其他人介意这一点。

下半场,大卫在西蒙所在的半场上踢球。因此,他可以清楚地看到发生的情况。在一次也是唯一的一次空场上,球被传到了男孩那里。他轻松地越过一个后卫,又越过了另一个。但是就在他面前通往球门的路完全空出来的时候,他一下子自己摔倒了,脸朝向地趴了下去。观众中出现一阵笑声。

这场比赛以黑白条纹队的胜利告终。老鹰队的队员们沉默着,垂头丧气地离开了球场。

在大卫即将进入更衣室之前,他赶上去对他说:"踢得很好,我的孩子。"

大卫转向他，给了他一个他只能称之为友好的微笑。"谢谢你来，西蒙，但你不能再来了。你必须让我做我要做的事情。"

第 八 章

　　孤儿院最让他感到困惑的是那里的学校教育。为什么
法布里坎特博士明明能够轻松地将他负责的孤儿送到公立
学校，却要自己经营一个学校？孤儿院里总共只有不到两
百个孩子。为这么少的学生请许多老师来上课是不合常理
的，其中一些孩子只有五岁，还有一些几乎年龄大到该进
入外面的世界了。这是不合常理的，除非法布里坎特觉得
他想给孤儿提供的学校教育与公立学校所提供的教育完全
不同。阿罗约称法布里坎特是书本学习的敌人。如果最后
发现他是《堂吉诃德》的敌人怎么办？大卫将要接受的
学校教育若是没有冒险的生活，是作为一个水管工的生
活，他会服从吗？

　　连续几周没有来自孤儿院的消息，伊内斯变得越来越
躁动不安。最后，西蒙的无所作为激怒了她，她宣布她将
突访孤儿院，把孩子带出来。"你赞成我这样做吗？"她
问西蒙，"你是赞成我这样做，还是反对？"

　　"我一如既往站在你这边。"他回答道。

　　没有人给他们指引，他们花了好长一段时间来找到教
室所在的确切位置——他们最终还是找到了——教室处于

一栋独立的建筑里，两边是户外走廊。大卫在哪个教室呢？他随意地敲门进入了一间教室。教室里，一位年轻的女老师停下她正讲的课程，严厉地瞪着他们两个问："有什么事情吗？"

房间里的孩子整齐而安静地坐在课桌前，但是里面并没有大卫。"我很抱歉，"他说，"找错教室了。"

他们敲开第二个教室的门，显然这是一个车间，里面长长的板凳代替了桌子，墙壁上挂着各种木工工具。孩子们——都是男孩——停下手中各自的任务，盯着这两位闯入者看。一位穿着工装服的男人，显然是老师，走上前来问，"你们要做什么？"

"我很抱歉打断你。我们正在寻找一个名叫大卫的男孩，他最近刚刚入学。"

"我们是他的父母，"伊内斯说，"我们来接他回家。"

"这里是拉斯马诺斯，夫人，"老师说，"这里的孩子都没有父母。"

"大卫不属于拉斯马诺斯，"伊内斯说，"他应该和我们一起，在家里。告诉我哪里可以找到他。"

老师耸耸肩，不再理睬他们。

"他在加布里埃拉夫人的班上，"其中一个孩子出声说，"这边最后一个房间。"

"谢谢你。"伊内斯说。

这一次，伊内斯在他之前推开了教室的门。他们立刻看到大卫。他坐在前排的中间，像其他孩子一样穿着深蓝色的罩衫。他看到他们并没感觉意外。

"来吧，大卫。"伊内斯说，"是时候和这个地方说再见了。是时候回家了。"

大卫坚定地摇了摇头。房间里一片窃窃私语声。

班级老师加布里埃拉夫人，一位中年女性，说话了："请马上离开我的教室，如果你不离开，我将不得不去叫院长来了。"

"叫院长来吧，"伊内斯说，"我想当面告诉他我对他的看法。来吧，大卫！"

"不。"男孩说。

"告诉我，大卫，这些人是谁？"加布里埃拉夫人问。

"我不认识他们。"男孩说。

"这是胡说八道。"伊内斯说，"我们是他的父母。听话，大卫。脱掉那件丑陋的制服到我们这里来。"

男孩一动没动。伊内斯抓住他的胳膊，猛地将他拉起来。

男孩激烈地反抗，摆脱了她的手。"不要碰我，女人！"他怒吼道。

"你怎么敢这样跟我说话！"伊内斯说，"我是你的母亲！"

"你不是！我不是你的孩子！我不是任何人的孩子！我是一个孤儿！"

加布里埃拉夫人介入了。"先生，夫人，这已经够了！请马上离开。你们已经造成了很大的干扰。大卫，坐下来，安静下来。孩子们，回到你们的座位上去。"

看来什么也做不成了。"来吧，伊内斯。"他低声说道，然后带她出去。

　　在他们无法带回男孩，颜面扫地之后，伊内斯宣称她将与他们没有任何关系——和大卫抑或和他，西蒙都没有任何关系了。"从现在开始，我将过自己的生活。"他默默地点头，然后退了出去。

　　时间一天天地过去了。一天大清早，有人敲他的门。是伊内斯。"我接到了孤儿院的电话。大卫那里出事了。他在医务室。他们希望我们去接他。你想去吗？如果不想，我会自己去。"

　　"我跟你一起去。"

　　医务室远离主建筑群。他们进去后发现大卫坐在门口的轮椅上，衣服穿着整齐，包放在腿上，面色苍白且紧张。伊内斯在他的额头上吻了一下，他不做反应地接受了。他，西蒙，试图拥抱他，但被拒绝了。

　　"你发生了什么事？"伊内斯说。

　　男孩保持沉默。

　　一位护士出现了。"下午好，你们一定是大卫的监护人，他和我说了你们好多的事情。我是路易莎修女。大卫经历了一段艰难时光，但他一直很勇敢，不是吗，大卫？"

　　男孩没回应她。

　　"这是怎么回事？"伊内斯问，"为什么没人通知我？"

　　还没等路易莎修女回应，男孩说："我想走。我们可以走了吗？"

伊内斯气哼哼地走在前面，他和路易莎修女推着轮椅上的男孩跟在后面穿过操场，路过成群结队的好奇的孩子们。"再见，大卫！"其中一个孩子说。

伊内斯打开了车门。他和路易莎修女一人站在一边把男孩抬起来，放到后座上。他瘫在那里，就像一个皱巴巴的玩具。

他，西蒙，转身看着路易莎修女。"就是这样吗？没有任何解释的说法吗？大卫被打发回家，是因为他对你们这个机构已经不够有用了吗？或者你们希望我们把他治好后再送回来？他发生了什么事情？他为什么不能走路了？"

"我自己一个人负责这个医务室，没有任何助手。"路易莎修女说，"大卫是一个优秀的年轻人，他很快就会恢复健康，但他需要特别照顾，我没有时间给他特别的照顾。"

"你们的院长，你们的法布里坎特博士，知道这些吗？还是因为你自己太忙了，没办法照顾他所以要打发他走？我再问一遍：他到底发生了什么事情？"

"我跌倒了。"男孩从车后座说道，"我们正在踢足球时，我摔倒了。就是这样。"

"你骨折了吗？"

"没有。"男孩说，"我们现在可以走了吗？"

"医生已经给他看过了。"路易莎修女说，"看了两次。他关节发炎，医生给了他打了针消肿，但效果不佳。"

"这就是你的孤儿院对孩子们所做的事情。"伊内斯说,"他的病有一个名字吗?你们给他打针治疗的病叫什么疾病?"

"那不是一种疾病,它是关节的炎症。"路易莎修女说,"在身体发育阶段,儿童出现这种炎症并不少见。"

"胡说八道。"伊内斯说,"我从来没有听说过一个孩子因为长得快而不能用自己的两条腿走路。你们对他所做的事,是一桩丑闻。"

路易莎修女耸了耸肩。天气很冷,她想回到舒适的医务室。"再见,大卫。"她隔着车窗和大卫道别。

当他们开车离开的时候,孤儿院的孩子好奇地聚拢在四周。

"现在你必须说说,大卫。"伊内斯说,"从头开始说。告诉我们发生了什么。"

"没有什么好说的。我们正在比赛,我跌倒了,没办法站起来,所以他们把我送到医务室。他们以为我的腿骨折了,但是医生来了,他说我的腿没有骨折。"

"你当时痛吗?"

"不痛。到了晚上才开始痛。"

"然后呢?告诉我接下来发生了什么事?"

他,西蒙,打断了这种问讯:"现在这些已经足够了,伊内斯。明天我们会带他去看医生,找一位合适的医生,并做出正确的诊断。然后我们就知道如何进一步解决了。与此同时,我的孩子,我无法向你形容,你这次回家让我和你的母亲有多高兴。这将是你生命中的新篇章。那场足球比赛谁赢了？"

"没人。他们踢进了一个好球，我们踢进了一个好球，然后我们又踢进了一个不那么好的球。"

"比赛中，进球就算得分，无论好球还是坏球。一个好球加上一个坏球是两个球，所以你们队赢了。"

"我是说然后。我是说我们踢进了一个很好的进球，然后我们踢了一个糟糕的进球。然后与加上不一样。"

车到了公寓楼。尽管他有背伤，但还是由他将男孩背上楼，就像背一袋土豆一样。

在晚上，一点一点地，事情的全貌展开了。事实上，在这场命运的足球比赛之前，就出现了各种预警：没有任何征兆的，大卫的双腿会突然一点劲儿都没有，他不自觉地匍匐在地上，就像被一只巨手拍了一样。过了片刻之后，他的力量似乎又回来了，然后他就能站起来了。从外表看，就好像他被自己绊倒了一样。

但是那一天，他跌倒了之后，腿的力量再没有回来。他躺在球场上，像一只甲虫一样无助，直到他们拿着一副担架来把他抬走。从那天起，他一直待在医务室，也没有去上任何的课程。

医务室里的食物太可怕了：早上煮麦片，晚上面包吐司加汤。医务室里的每个人都讨厌这些食物，想要出去。

他的腿一直疼。路易莎修女让他做锻炼来加强腿部力量，但锻炼没有任何效果。

晚上疼痛最厉害。有些晚上，他痛得无法入睡。

路易莎修女在病房旁边有自己的房间，但如果她被吵醒，她就会发脾气，所以没有人敢叫她。

他的膝盖痛，脚踝也痛。有时，如果他把膝盖抵在胸前，疼痛会减轻一些。

法布里坎特博士每隔一天会来短暂地探视一次，因为检查医务室是他的职责之一，但是他从来没有跟大卫说过话，因为他对于大卫在足球比赛中摔倒感到很生气。

"我确信这不是真的。"他，西蒙说，"我不喜欢胡里奥博士，但我相信他不会因为孩子生病而对孩子怀有怨恨。"

"我不是病了。"大卫说，"我有些不对劲。"

"你有些不对劲和你生病了是用不同的表达方式说同样的事情。"

"它们不一样。胡里奥博士不相信我是一个真正的孤儿。他只想让我进他的孤儿院好帮他踢球。"

"我肯定这不是真的。但是，你现在已经看到孤儿院里是怎么回事，你还想成为一个孤儿吗？"

"我是一个真正的孤儿。拉斯马诺斯不是一个真正的孤儿院。"

"我倒觉得它就是孤儿院。你认为真正的孤儿院是什么样的？"

"我说不出来。但是当我看到它时，我会认出它的。"

"不管怎么说，"伊内斯说，"你现在回家了，你属于这里。你已经吸取了教训。"

男孩沉默不语。

"今晚你想吃什么？说出任何你想吃的。今天对我们所有人来说都是重要的一天。"

"我想要土豆泥配豌豆。肉桂南瓜。还有热可可，一大杯。"

"好。我会煎一些鸡肝去配土豆泥。"

"不，我不再吃鸡了。"

"这是他们在孤儿院教你的吗——不能吃鸡肉吗？"

"是我自己教自己这样的。"

"你体重减轻了许多。你需要增强自己的力量。"

"我不需要力量。"

"我们都需要力量。一条鱼怎么样？"

"不，鱼也是活物。"

"土豆也是活物。豌豆也是活物。他们以不同的方式活着。如果你拒绝吃活物，你会消瘦而死。"

男孩不语。

"今天是重要的日子，我们不争论了。"伊内斯说，"我会做土豆、豌豆和胡萝卜。我们没有南瓜。我明天会买南瓜。现在是该给你洗澡的时候了。"

他上次看到这个男孩赤身裸体已经是很长时间以前的事情了。这次看到男孩的赤裸身体，他感到不安。男孩的髋骨突出部分就像一个老男人的髋骨。他的膝关节明显肿胀，纤弱的后背上还有一片红肿发炎的地方。

"你的背怎么了？"

"我不知道。"男孩说，"只是很痛。我身上到处都疼。"

"你这个可怜的孩子。"他说，并给了他一个笨拙的拥抱，"你这可怜的孩子！你这是怎么了？"

男孩抽搐地哭起来。"为什么一定要是我？"他哭着问道。

"我们明天会去看医生，他会给你开药，并很快治好你的病。现在让我们洗好澡，然后美美地吃一顿晚餐，伊内斯会给你一颗药丸让你入睡。我保证，早上一切都会有所不同。"

伊内斯不是给了他一个药丸，而是两个药丸，他最后终于睡着了，蜷缩在一边，膝盖抵在胸前。

"他终于回家了。"他对伊内斯说，"也许我们毕竟不是那么糟糕的父母。"

伊内斯对他似有若无地一笑。他伸手抓住她的手，这是她头一次允许他这样做。

第 九 章

他们去看的医生是一名儿科医生，是城市医院的医疗顾问，由伊内斯在摩登服装的同事强烈推荐。（"我的小女儿过去一直咳嗽和气喘，没有一个医生可以治好她。绝望之中，我们带她去看里贝罗医生，自那以后就再没发过病。"）

里贝罗医生是一个胖胖的、秃顶的中年男人。他戴的眼镜镜框非常大，几乎遮住了他的整张脸。他心不在焉地问候伊内斯和他，西蒙：他所有的注意力都集中在大卫身上。

"你母亲告诉我说你在踢足球时发生了意外。"他说，"你能告诉我究竟发生了什么吗？"

"我跌倒了。我不只在踢足球的时候跌倒。我跌倒过很多次，只是我没告诉任何人。"

"你没告诉你的父母？"

现在是大卫再次重复说伊内斯和西蒙不是他的生身父母、他在这个世界上是孤儿的时候了。但是这次没有——面对里贝罗医生，他回答说："我没有告诉我的父母。他们会担心的。"

"很好。告诉我有关摔倒的事。它只发生在你跑步的时候，还是走路的时候也会这样？"

"它随时在发生。在我躺在床上的时候它也会发生。"

"在你跌倒之前，当你即将跌倒时，你是否觉得自己正在失去平衡？"

"我感觉好像世界在倾斜，我正在摔倒，喘不上来气。"

"当世界倾斜时，你是否感到害怕？"

"不，我什么都不害怕。"

"任何事情都吓不倒你？要是野生动物呢？或者拿枪的劫匪？"

"不害怕。"

"那你真是一个勇敢的男孩。当你跌倒时，你会失去意识吗？你知道失去意识是什么意思吗？"

"我没有失去意识。我可以看到发生的一切。"

"当你感觉即将跌倒，或者当你开始跌倒时，你感觉如何？"

"我感觉很好。就像喝醉了。我能听到声音。"

"你听到了什么声音？"

"唱歌声。还有敲钟声在风中叮当作响。"

"和医生讲讲你的膝盖。"伊内斯说，"关于你的膝盖疼痛。"

里贝罗医生抬手示意她不要再说。"我们一会儿聊膝盖。首先，我想了解更多有关跌倒的信息。你什么时候第一次跌倒的？你还记得吗？"

"我在床上。一切都倾斜了。我不得不紧紧抓住床，这样我才不会掉下床去。"

"这是很久以前的事吗？"

"挺久以前了。"

"好的。现在让我们来看看你的膝盖。脱掉衣服，背部朝下躺下来。我会帮助你。也许现在你的父母可以离开房间了。"

他和伊内斯在走廊的长凳上等着。过了一会儿，门打开了，里贝罗医生招手让他们进来。

"年轻的大卫给我们提出了一个难解之题，"里贝罗医生说，"你们一定在想这是不是过去所说的跌落病。我的第一个倾向是拒绝做这样的判断；但这必须通过进一步观察来证实。大卫的关节僵硬且发炎——不仅是膝盖的关节，还有臀部和脚踝。他这些地方痛，我并不感到惊讶。他会跌倒，我也不会惊讶。一般老年患者会有相似的病情。最近他有任何可能会造成这种反应的饮食方面的改变吗？"

他和伊内斯互相瞥了一眼。"他不在家吃饭。"伊内斯说，"他一直住在河对岸的孤儿院。"

"河对岸的孤儿院。也许你们可以给我这个孤儿院的联系方式，这样我们就可以知道除了大卫之外，他们过去是否有过其他类似的病例。"

"那个孤儿院被称为拉斯马诺斯。"他，西蒙说，"医务室的负责人是路易莎修女。她告诉我们她无法治疗大卫，并要求我们把他带回家。她应该能够告诉你你想知道的事。"

　　里贝罗医生在他的本子上做了记录。"我希望大卫在市医院住两天院观察一下。"他说，"我会给你一张入院条。明天早上带他住院。我们将首先测试他对各种食品的反应。大卫，你同意吗？我们要不要这样做？"

　　"我会成为一个跛子吗？"

　　"当然不会。"

　　"其他孩子会不会得我的这种毛病？"

　　"不会的。你的毛病不传染，他们得不了。不要担心了，年轻人。我们会解决你的问题。很快你将能再次踢足球。"

　　"跳舞。"他，西蒙说，"大卫是个非常棒的舞者。他正在音乐学校学习舞蹈。"

　　"是吗。"里贝罗医生说，"所以你喜欢跳舞？"

　　男孩没有回答这个问题。"我不是因为吃的食物而跌倒的。"他说。

　　"我们并不总是知道我们吃的食物究竟是什么。"里贝罗医生说，"特别是罐头和腌制食品。"

　　"没有别人跌倒。我是唯一一个跌倒的人。"

　　里贝罗医生瞥了一眼手表说："明天见，大卫。然后我们可以进一步探究原因。"

　　第二天早上，他们开车将大卫送到市医院，那里他们得知了病房非常开明的规则：除了医生巡房期间以外，其他任何白天或晚上的时间都可以探视病人。

大卫被分配到窗边的一张床上，然后开始进行第一组测试。他几小时后回来，看起来很高兴。"里贝罗医生会给我打针，让我的病好转。"他宣布道，"针剂将从诺维拉运来，用火车，放在冰盒子里运来。"

"这听起来不错，"他，西蒙说，"但我想里贝罗医生会给你做过敏测试。他改变了主意吗？"

"我的腿部有神经病变。注射将杀死神经病变。"

他说神经病变，Neuropatía 这个词的时候特别自信，就好像他知道这个意思是什么。但是它到底是什么意思呢？

他，西蒙，走开来，去找到了一个唯一在场的医生——值班医生。"我们的儿子说，他被诊断患有神经病变。你能告诉我那是什么病吗？"

值班医生不置可否地说："神经病变是一般性的神经系统疾病，你最好和里贝罗医生谈谈。他能够进行详细解释。"

一名护士进来了。"医生巡房了。"她叫道，"探视病人家属请离开。"

大卫轻快地与他们告别。他说，他们下次一定要带《堂吉诃德》来。还有，他们一定要告诉德米特里过来拜访他。

"德米特里？你怎么想起了德米特里？"

"你不知道吗？德米特里在这个医院里。医生给他做电击，这样他就不会再杀了任何人。"

"你肯定不会看到德米特里。如果德米特里的确在这里，他将会像罪犯一样被囚禁在医院的一个封闭区域，窗上有铁条加固，那种危险分子待的地方。"

"德米特里并不危险。我希望他来看我。"

伊内斯无法控制自己。"绝对不可以！"她突然爆发了，"你还是个孩子！你不能与那个可恶的人有任何联系！"

他和伊内斯在医院里闲逛，等待医生们完成他们的巡房，一边讨论这个新难题。

"我不认为目前德米特里有什么可怕的，"他说，"他被安全地关在医院的精神病房里。问题是，如果治疗成功了怎么办？如果药物或电击真的让他成为了一个新人怎么办？在那种情况下，我们真的可以禁止大卫见他吗？"

"现在是时候该对这孩子的态度强硬一些了，要结束他的无稽的想法，无论是关于德米特里的还是关于孤儿院的，"伊内斯回答道，"如果我们现在不坚持，我们就会彻底失去对他的控制。我很自责。我应该从商店里抽出更多时间。我一直把孩子的事情留给你，而你太宽松、太随和了。他用小指就把你玩得溜溜转——我每天都看得清清楚楚。他需要严格的管教。他需要在生活中获得指导。"

若要回应，他可以说很多，但是他还是决定闭嘴不说。

他要是说，会说这样的内容：如果是在大卫六岁的时候，为他的生活指导方向是有可能的；但到了现在这个年龄，需要一个带手枪和鞭子的马戏团大师来驯服他。他还想说：我们应该正视一种可能性，那就是你和我只是短暂地做一段时间他的父母；现在我们对他已经没有用处，现在我们该放开他，让他走自己的路。

第 十 章

在医生办公室，里贝罗医生安置他们坐下来，并进一步告诉了他们相关情况。第一轮测试表明大卫没有过敏反应——所以过敏这个假设现在可以被搁置一边；另一种可能是萨波塔综合征，这是一种动态变异的神经病变，也就是神经通路的病变，而神经信号是通过这种通路被发送到四肢。不幸的是，人们对萨波塔的病因知之甚少。有人认为它是遗传性的。它可能会以一种休眠的形式存在多年，然后突然暴发，就像大卫这样的情况。他必须问清楚的是：大卫在早年是否出现过这样或类似的症状，在婴儿期是否有不自主的肌肉收缩？或者四肢出现无法解释的疼痛刺痛？父母任何一边是否有任何关于神经系统疾病或瘫痪的家族病史？他曾经输过血吗？他们是否知道，他的血型属于一种罕见的类型？

伊内斯说："大卫是个被收养的孩子。他是很晚才来到我们身边的。我们不熟悉他的家族史。我们对他的血型一无所知。他的血在此之前还没有测试过。"

"你是说他是被收养的。你没有可能找到他的父母吗？"

"找不到。"

里贝罗医生在他的本子上做了记录，然后继续解释。目前大卫的左侧比右侧受到的影响更严重，而萨波塔是渐进性的疾病，如果不加以控制会导致瘫痪。在最糟糕的情况下——最严重和最罕见的情况——吞咽或呼吸能力可能会丧失，在这种情况下患者会死亡。（他说的时候没有使用死亡这个词，而是说病人会丧失生命功能。）然而，大卫是一个健康的年轻人；没有理由相信对他的治疗不会产生效果。

伊内斯问道："他要住院多久？"

里贝罗医生用笔轻触着他的下唇。"夫人，我们会尽力医治这个男孩。我们将密切关注他的情况进展。与此同时，我们将对他采用物理疗法来维持肌肉张力并消解长时间卧床对他的影响。"

他，西蒙说道："大卫说有药从诺维拉寄出来了。"

"我们在与诺维拉的同行保持着联系。我会知无不言。这是一个不寻常的病例。在埃斯特雷拉这里，我们没有多少治疗萨波塔病的经验。要把小大卫送到诺维拉接受治疗，那里的设施肯定会更好。所以把他送到诺维拉仍然是一种选择。另一方面，他的家人，也就是你们，在这里，还有他的年轻朋友们都在这里，所以权衡利弊，他在这里是更好的选择。目前是。"

"那药物本身呢？"

"药物也有可能起作用的。我们对大卫的治疗采取多管齐下的方法。他可能必须住院一段时间。幸运的是，我

64

们的员工中有专人来帮助学习被耽误的年轻病人。她非常有活力。我会把她介绍给你们。"

"我希望你说的有活力不是有什么奇思怪想。"伊内斯说，"大卫已经经历了太多有奇怪想法的老师。我希望他像任何正常的孩子一样被对待。"

里贝罗医生奇怪地看了她一下。"大卫是一个聪明的小伙子，"他说，"他和我没有时间长聊天，但即便如此，我也能看出他是一个与众不同的孩子。我相信他与德维托女士会相处得很好。"

"谢谢你，医生。大卫已经受够了被特殊对待的痛苦。正常的学校教育——这就是我们希望他得到的。如果他想变得与众不同，成为艺术家、反叛者，或其他任何潮流人物，等他长大了以后再这样做吧。"

德维托女士很年轻，小巧精致，个子勉强到伊内斯的肩膀那么高，长着一头卷曲的金发。在她狭小的办公室里，她热情地接待了他们，那个办公室不过只有一个橱柜那么大。

"你们就是大卫的父母啊！他告诉我他是一个孤儿，但是你们知道他这个年龄段的孩子有多么会编故事。你们见过里贝罗医生了，那么你们应该知道大卫可能要和我们待很长一段时间。我们要保持他的头脑活跃，这是很重要的。同样重要的一点是，他不要失去太多的学习时间，特别是在科学和数学方面的学习。在数学方面，学生很容易在落后之后就再也赶不上了。如果你们能将大卫的教科书拿来，那会有很大的帮助。"

他瞥了一眼伊内斯。"他没有教科书可以让我们带来。"他说，"我就不解释原因了，这太复杂了。我简单地说，尽管他不是一个孤儿，但是大卫最近一直在拉斯马诺斯孤儿院上课。经营拉斯马诺斯的人不大相信书本的作用。"

"我认为，"伊内斯说，"他应该重新将他的课程再学一遍，从 ABC 和 123 开始，就当他的头脑是空白的，就当他是一个婴儿一样。他应该掌握基础知识，这样他在医院的时间就不会浪费。作为父母，这是我的建议。"

他们在德维托女士的小办公室只待了几分钟，但已经感觉到空气不够用。他的头有些晕。"你介意我开门吗？"他说着，将门打开。

德维托女士的金发在灯光下熠熠生辉。"我会尽力帮助你们的儿子，"她说，"但我必须告诉你们，即使是现在……"她从狭窄的桌子上探过身子，桌上没有任何东西，除了一个用珠子和金属丝制成的玩具鸟，栖息在一个横杆上，闪闪发光的黑眼睛一直盯着他们，"我必须告诉你们……"

"你必须要告诉我们什么？"他问。

"我必须告诉你们，在这样艰难的时刻……"她摇了摇头，"当然，大卫需要懂得 ABC 还有其他知识。但在这样的时候，孩子需要的不仅仅是 ABC。他需要一个可以依靠的臂弯。"

她等在那里，饶有意味地看着他们，等待着她的话被理解。

伊内斯说话了："女士，在大卫短暂的生命中，他已经面对过许多可以依靠的臂弯，但是他拒绝了所有这些。他还没有机会得到的是一个真正的教育。对于没有自己孩子的人来说，很容易——你没有孩子，对吗？"

"没有。"

"像你这样的人很容易告诉我们大卫需要什么，不需要什么。但我比你更了解他，我告诉你他需要的是像其他任何正常孩子一样学习课程。就这些。我说完了。"她抓住她的包，起身说，"祝你有美好的一天。"

伊内斯沿着走廊昂首阔步向前走，西蒙追上伊内斯。她看起来很凛然。她可能有些自以为是，或者刚愎自用，或者好战，不过确实是很凛然，这也是为什么从他第一刻看到她的时候，就认定她是孩子真正的母亲。

"伊内斯！"他喊道。

她停下来，转过身来。"怎么？"她说，"你现在打算如何破坏我的计划？"

"我不打算破坏你的计划。相反，我想告诉你我在你身后，完全支持你。你去哪里我跟到哪里。"

"真的吗？你确定你不想跟随着那个让你暗送秋波的漂亮姑娘？"

"我会遵循你的想法，我听你的，而不是其他人的。我还能说什么，你才能信呢？"

在儿童病房附近，他们听到大卫的声音，很是自信。

"他知道这是一个笼子,不是一辆战车,但是他还是让巫师把他关了起来。"他讲着,"因为他知道无论他什么时候愿意……"

他和伊内斯站在门口。坐在大卫的床脚下听他说话的是一个年轻的女人,像鸽子一样丰满,穿着护士服。在她周围还围着病房里其他的孩子。

"他知道,无论他什么时候愿意,他都可以逃脱,可以锁住他的锁还没有被发明出来。然后巫师挥了一鞭,两匹大马便开始拉着那辆关着高贵骑士的笼子向前行进。马的名字叫象牙和暗影。象牙是白色的,暗影是黑色的;它们的力量相同,但是象牙是一匹安静的马,它的思绪在其他地方,它一直在思考,而暗影是凶悍而任性的,这意味着它想要走自己的路,所以有时巫师不得不使用他的鞭子让它服从。你好,伊内斯!你好,西蒙!你们在听我讲故事吗?"

年轻的护士跳起来,低下头,内疚地从他们身边跑出去。

那些穿着医院天蓝色病号服的孩子们并不在意他们,而是不耐烦地等待着大卫接着讲他的故事。其中年龄最小的一个小女孩,头上梳着马尾辫,看着不过四五岁;最年长的是个强壮的男孩,已经长出了胡子的轮廓。

"他们骑着马,骑啊骑,最后到了一个陌生的国度边境上。'在这里,我要离开你了,堂吉诃德,'巫师说道,'前面是黑王子的国度,我不敢触及。我会让白马象牙和黑马阴影来引导你进一步的探索和冒险。'然后巫师最后挥了一鞭子，两匹马又出发了，把笼子里的堂吉诃德带入了一片未知的土地。"

大卫停下来，凝视着远方。

"然后呢?"扎着马尾辫的小女孩接着问。

"明天我会看到更多的内容，然后给你们讲堂吉诃德发生了什么事。"

"但是没有什么不好的事发生在他身上，是吗?"小女孩说。

"堂吉诃德身上没有发生什么不好的事，因为他掌握着自己的命运。"大卫说。

"这很好。"小女孩说。

第 十 一 章

他正像平时一样牵着玻利瓦尔在公园里走，一个孩子跑向他。这个小男孩住在公寓楼的楼上，是一个他很喜欢的孩子。尽管他还太小不能参加比赛，但是他特别喜欢足球。他的名字是阿特米奥，但孩子们都戏称他小狗①。

"先生，先生！"他大喊道，"大卫真的要死了吗？"

"不，当然没有。我从来没有听说过这样的胡说八道。大卫因为膝盖疼住院了。一旦他的膝盖变好，他就会和我们一起踢足球。你等着好了。"

"这么说，他不会死喽？"

"当然不会。没有人因为膝盖痛而死去。谁告诉你说他会死的？"

"其他的男孩。那他什么时候回来？"

"我和你说过的：他一旦康复了就回来。"

"我能到医院去看他吗？"

"医院太远了。你必须搭乘巴士才能到达那里。我保

_____

① "小狗"原文为西班牙文 El Perrito，与阿特米奥的名字 Artemio 相似。

70

证大卫很快就会回来。下周，或之后的一周。"

他试着忘记他与阿特米奥的见面，但是还是有些被搅动得不安。这些孩子从哪里想到的大卫身患绝症了呢？

第二天早上到达儿童病房时，他在门口停下来。一个穿着白色医院杂工制服的男人坐在大卫的床上，这个人的头几乎碰到男孩的头，两人一起盯着看他们中间床罩上的东西。当这个男人抬起头时，西蒙震惊地认出他是谁。那是德米特里，那个掐死了大卫老师的德米特里，他被法庭判处一辈子被监禁生活——而他现在像一个恶魔一样回来缠着男孩——他们两个正在玩骰子！

他大步向前，大声喊道："离我的孩子远点！"

德米特里后退了一步，平和地笑了，将骰子放到兜里。病房里的其他孩子似乎都惊呆了；一个孩子开始哭泣，一个护士跑过来。

"这个男人在这做什么？"他，西蒙问道，"你不知道他是谁吗？"

"请您先冷静一下，先生！"护士说，"这个人是工友。他负责打扫房间。"

"工友！他是一名被定罪的犯人！他应该待在精神科！他怎么可以没人看管地来到儿童中间？"

年轻的护士惊恐地退缩。"这是真的吗？"她低声说，而孩子的哭声更响亮了。

德米特里自己说话了。"这位先生说的每一字都是真实的，年轻的女士，每一个字。但是在你急于判断之前请考虑一下。为什么法院以其智慧没有将我送到众多监狱中的一座，而是放到这家医院里？答案很明显，就摆在我们的面前。因为这样我就可以改过自新。这样我就可以被治好了。这就是医院的用途。现在，我已经被治好了，我是一个新人。你想要证明吗？"他伸进口袋，拿出来一张卡片，"德米特里。这是我的名字。"

护士检查了卡片，将卡片递给了西蒙。上面写着埃斯特雷拉市公共卫生部，员工号 15726，男，上面有德米特里的照片，人像从头到肩膀，坦然地凝视着镜头。

"我不相信，"他低声说，"我可以和谁说一下吗，有人负责吗？"

"你可以和任何你想的人交谈，"德米特里说，"但是，我就是我。你觉得一个人要怎样才能摆脱那个坐在自己肩膀上、常年在耳边蛊惑自己的小鬼？通过日日夜夜坐在一个孤零零的牢房里，自怨自艾吗？不是的。答案是，通过志愿地去做那些最卑鄙的工作、那些体面人鄙视的工作。这就是我在这里的原因。我扫地。我洗厕所。因此我改过自新。我成了一个新人。我向社会还债。我获得了对我的赦免。"

他印象里的老德米特里大个头，超重，头发很长，衣服闻起来有烟味。这个新德米特里更苗条，挺直，闻起来有医院惯有的消毒剂味道。他的头发剪得很短，卷曲在头皮上。他的眼白过去曾经是灰黄色的，现在闪烁着健康的光泽。德米特里真的成为了一个新人，一个改过自新的人，这是真的吗？显然是这样。然而，他怀疑这一点，他深刻地怀疑这一点。

护士抱起哭闹的孩子并试图安慰她。

他对德米特里说，"不管怎样，请远离大卫。"他低声说道，"如果我再次看到你和大卫在一起，就不要怪我不客气了。"

德米特里温顺地，甚至是卑微地低下头，拿起他的桶，然后就离开了。

从他的床上，大卫带着一种心不在焉的微笑看着这个景象——两个成年男子为了他而战。

"西蒙，你为什么不开心？德米特里找到我，难道你不高兴吗？你知道他是怎么做到的吗？他听到我在呼唤他。他说就好像他脑袋里有一个收音机，让他听到我的声音，告诉他赶紧来。"

"这就是疯子说的那种话——他听到脑袋里面有一个声音。"

"他已经答应每天来看我。他说他的疯狂已经被治愈了，他不会再杀人了。"

这时，年轻的护士打断了他们。"我很抱歉打断你们的谈话，先生，"她说，"但你是大卫的父亲吗？"

"是的，我在尽我所能履行这个职责。"

"那样的话，"护士（她胸前的名牌上写着她的名字：丽塔修女）说，"你可以去一下管理处①吗？很紧急的事情。"

"好的，我马上就去。"他说；然后，在她走远听不

———————————

① 原文为西班牙语，Administración。

见的时候，他问大卫，"你喜欢丽塔修女吗？她对你好吗？"

"每个人对我都很好。他们希望我快乐。他们以为我会死。"

"这是无稽之谈，"他坚定地说，"没有人因膝盖酸痛而死。让我去看看管理处的人们想要干什么。我马上会回来的。"

在管理处的两个柜台中，他选择了一个由年长的，样貌更亲切的女人服务的柜台。

"我来是因为一名叫大卫的男孩，"他蹲下来透过玻璃窗对里面说，"我得知有一个紧急问题需要解决。"

那个女人在她桌子上的文件里搜寻着。"是的，我这放着他的文件……它们在这里。有一份同意书和一份入院表格。你是他的父亲吗？"

"不，但我在行使着父亲的职责。他的父亲是谁不得而知。这是一个漫长而复杂的故事。如果你只是需要签名，我会签署你摆在我面前的任何文件。"

"我们需要孩子的身份证号码。"

"如果我没记错的话，他的身份证号码是 125711N。"

"这是诺维拉的号码。我需要他的埃斯特雷拉号码。"

"我们不能使用诺维拉的号码吗？你们该不会因为这孩子来自诺维拉而拒绝给他治疗吧？"

"这是为了记录。"女人说，"当你再来时，请带上他的埃斯特雷拉的身份证和他的埃斯特雷拉号码。"

"我会这样做的。你说还有一个文件。"

"是同意书。它需要父母或法定监护人来签署。"

"我会作为监护人来签署。大卫生命中的大部分时间都是我在监护。"

她看着他签好表格。"就这些了。"她说,"别忘了带卡。"

回到病房,他发现大卫床边有一群人,把他围了起来,这其中不仅有丽塔修女和带着长耳环、金色卷发的德维托女士,还有公寓楼里的六个男孩和孤儿院的两个孩子:一个是玛丽亚·普鲁登西亚,还有一个又瘦又高的小伙子,他不知道这小伙的名字。德米特里也在那里,远远地靠在墙上,讥讽地看着他。

大卫说:"白马象牙有一种秘密的力量:他可以随时长出翅膀。当马车即将进入河流时,象牙打开了他的翅膀,比两只鹰的翅膀还要宽,带动着车飞过水面,甚至一点都没沾湿。

"黑马暗影没有翅膀,但他也有一个秘密的力量。他可以改变他的物质构成,变得像石头一样沉重。暗影痛恨象牙。象牙所有的一切特质,暗影都与之相反。因此,当他感觉到车在空中飞舞时,他就转换成石头,变得那么沉重,让车很快就降落回到地球。

"就这样,堂吉诃德被两匹奔腾的马——一匹黑色,一匹白色——拉入沙漠,直到刮起一阵大风,尘埃遮住他们,再也看不见他们了。"

长时间的停顿。被他们称为小狗的阿特米奥问:"然后呢?"

"再也看不见他们了。"大卫重复道。

"白马和黑马战斗了吗?"男孩锲而不舍地问道。

"再也看不见他们了,"玛丽亚·普鲁登西亚责备地对他说,"难道你不明白吗?"

"但是他回来了。"来自孤儿院的高个子男孩说,"他必须从沙漠中回来,否则我们永远不会听到他故事的结局了。我们永远不会听到他是如何变老和死亡的。"

玛丽亚沉默了。

"他没有死。"德米特里说。

每个人都转过头来看着他。德米特里轻松地靠在他的拖把上,享受着大家对他的注意。

"只是一个故事里说他死了,"他说,"某个人在书中写下的故事。这是不真实的。正如大卫所说,他是在那辆两匹马拉着的战车上,消失在风暴中。"

"但是,如果,"这个高个子男孩据理力争,"如果他没有真的死,如果这只是一个故事,那我们怎么知道确实有风暴,我们怎么知道风暴就不是一个虚构的故事?"

"因为大卫刚给我们讲过。战车、沙漠、风暴——所有这一切都来自大卫。至于变老和死亡,它们来自一本书。任何人都可以编撰它。是不是这样,大卫?"

对于他的问题,大卫没有回答。大卫带着一种笑容,他,西蒙,太熟悉这种笑容了。他的这种微笑总是让他烦恼。

"如果我告诉你们堂吉诃德的全部故事,这会有帮助吗?"他听到自己开口说起话来,"《堂吉诃德》是我在诺

76

维拉图书馆书架上找到的一本书的名字，我们——大卫、他的母亲和我——当时正好居住在那里。我给大卫借了这本书。大卫没有像其他奉公守法的好公民那样最终把书归还给图书馆，而是自己保留了这本书。他用它来练习西班牙语阅读，因为和我们所有人一样，他必须学着掌握他的西班牙语。他把这本书读了很多遍，以至于情节刻入了他的记忆中。《堂吉诃德》成为他的一部分。通过他的声音，这本书开始说话。"

德米特里打断了他。"你为什么要给我们讲这个，西蒙？我们没有兴趣。我们希望听到大卫的故事，而不是你的故事。"

孩子们咕哝着表示同意这个说法。

"很好。"他说，"我退出。我闭嘴。"

大卫接着讲他的故事。"一片黑暗。然后在远处堂吉诃德看到了一盏灯。当他走近时，他看到这是一片燃烧的灌木丛。一个声音从灌木丛里发出来。'时间到了，你必须来选择，堂吉诃德，'声音说，'你必须把自己要么献给白马象牙，要么献给黑马暗影。'

"'我会去黑马带我去的地方。'堂吉诃德大胆地说。

"马上，那些关着他的笼子的栅栏都掉落下来。白马象牙离开了他的轨迹，展开了他的翅膀，飞向天空，再也没有人看见他，而黑马暗影仍留在战车上。"

男孩再次沉默，皱着眉头。

"怎么了，大卫？"小阿特米奥问道，他在提问时似乎无所畏惧。

大卫没理会他。

"嘘，"丽塔修女说，"大卫累了。走吧，孩子们，让大卫休息吧。"

孩子们没理会她。大卫凝视着远方，仍然皱着眉头。

"荣耀！"德米特里说。"荣耀，荣耀，荣耀！"

"这是什么意思，荣耀？"阿特米奥问。

德米特里把下巴抵在拖把的把手上，用他的目光凝视着大卫。

有什么事情正在发生——他，西蒙明显感觉到这一点——大卫和德米特里之间正在发生着什么。但是那是什么？德米特里在像几年前那样，在影响这个孩子吗？

令他惊讶的是，丽塔修女坚决地将孩子们从床边推开，拉上了病床的帘子。"今天的故事就讲到这里，"她轻快地说，"如果你想要更多故事，请明天再来。你也一样，西蒙先生。"

第十二章

当伊内斯回到家时，他没有办法，只能告诉她德米特里重新出现的消息。"就像瓶子里的精灵一样，"他告诉她，"一个坏精灵。最糟糕的。"

伊内斯拿起她的钥匙。"来吧，玻利瓦尔。"她说。

"你要去哪儿？"

"你也许过于害怕而不敢将大卫从那个疯子那里拯救出来，但我绝对不会。"

"让我和你一起去吧。"

"不需要。"

虽然他一直等着她，但是过了午夜，她还是没有回来。第二天早上，他赶第一趟巴士到了医院。男孩的床空着。一名护士指引他沿着走廊走到大卫现在自己的房间（"只是预防措施。"她说）。在男孩的床边，他发现伊内斯瘫在扶手椅上睡着，双臂交叉在胸前。男孩也在睡觉。只有玻利瓦尔注意到他的到来。

男孩侧身躺着，膝盖抵着下巴。紧皱的眉头还挂在他脸上；或许那是痛苦的皱眉。

他用手碰了碰伊内斯的肩膀。"伊内斯，是我。我来接班吧。”

四年前，当他第一次看到伊内斯时，她仍然可以算是年轻女子。她的皮肤光滑，眼睛炯炯有神，步履轻盈。但是现在明亮的晨光残忍地揭示了时间在她身上的流逝。她的嘴角上已经出现下垂的纹路，头发也已经变得灰白。他从未以男人爱女人的方式爱过伊内斯，但现在他第一次对她这个做母亲得到的痛苦多于快乐的女人，感到怜悯。

“¿Por qué estoy aquí?”——我为什么来这里？男孩突然醒了，一动不动地盯着他，低声问道。

“你病了，我的孩子。”他低声说道，“你病了，医院是让病人好转的最佳地点。你必须耐心听医生和护士的。”

“¿Pero por qué estoy **aquí**?”——但为什么我在这里？

尽管是低声说话，但是伊内斯已经被吵醒了。

“我不明白你在问什么。你在这里是要被治疗。一旦你被治好了，你就可以回去过正常的生活。他们只是需要为你的疾病对症下药。你会了解的。”

“¿Pero por qué estoy **yo** aquí?”

“为什么你在这里？因为你不走运。空气中飘浮着细菌，不幸的是你成为它们选择进攻的那个人。这就是我所能说的。在每一个人的生命中都有起起伏伏。你过去走好运，现在变了，你运气变得不好了。当你病好了，当你恢复健康时，你会因此而变得更加强壮。”

男孩无动于衷地盯着他，等待着他的说教结束。“¿

Pero, por qué estoy **aquí**?"他重复着，好像在对着一个愚钝的、听不进话的孩子说话。

"我不明白。在这里就是在这里啊。"他用手指着眼前这个房间，包括着空白墙壁和窗台上盆花，还指着医院和医院的周遭，以及远处整个广阔的世界，"这是我们所在的地方。在这里我们发现自己的所在。无论我在哪里，我都在这里，对于我而言的这里。无论你身在何处，都是你的这里，对于你而言的这里。我无法再解释得更清楚了。伊内斯，帮帮我。他在问我什么？"

"他不是在问你。他很早就知道你不是对所有问题都有答案的。他是在问我们所有人。他在提出问询。"

这不是伊内斯的声音。它来自于站在身后的德米特里。德米特里穿着整齐的工装站在门口，在他旁边的是德维托女士，她看着面色红润，手上还拿着一沓纸。

"你再走近一步，我会叫警察，"伊内斯说，"我说话算话。"

"我听到了，我会服从，女士"，德米特里说，"我非常尊重警察。但是你的儿子并不是要求你解析句子。他在问自己为什么在这里？出于什么目的？最终会怎样？对于我们所有人，甚至于所有最底层的微生物所面临的巨大谜团，他要求我们给出答案。"

他，西蒙，说话了："我可能没有答案，德米特里，但我并不像你想象的那样愚蠢。这里就是我发现自己的地方。我发现我在这里，而不是其他地方。这没有什么神秘。而且也没有什么原因。"

"我有一位老师曾经这样说过。如果我们问她为什么，她不知道答案，她会把这个问题打发走。她会说，没有什么为什么。我们对她无法产生敬意。因为一个好老师要知道为什么。大卫，我们为什么在这里？告诉我们。"

男孩挣扎着从床上坐起来。西蒙第一次感到他的病可能是严重的。这个穿着蓝色病号服的男孩子瘦得可怜——几个月前，他还像一个年轻的神祇一样在足球场上英姿飒爽。他的脸上带着一种发向内心的、全神贯注的神情；他似乎没听到他们说的话。

"我想要去厕所，"他说，"伊内斯，你能帮帮我吗？"

他们两个去了很久。

他对老师说话了："女士，这个德米特里在困扰我的儿子，对此我不感到奇怪。很久之前，他就像一只寄生虫一样依附在他身上，根本不松口。但是，你在这个时候，在这里，要做什么呢？"

"我们今天开始上课，大卫和我。"她回答说，"我们要早点开始，这样他才能在朋友到来之前休息一下。"

"今天的课程是什么？"

"肯定不是关于如何讲故事的课程，因为大卫已经是一位有才华的故事讲述者了。所以不讲故事，今天我们将重新审视数字。"

"数字？如果你是指算术，那你就是在浪费时间。大卫对算术有一个盲点。特别是减法。"

"请放心，先生，我们不会做减法。一般来说，减法、加法、算术对于一个面临如此深刻的生活危机的人来说没有意义。算术适用于那些计划到外面做买卖交易的人。不，我们将研究整数，一、二、三等等。这就是大卫和我所达成的共识。数字理论，你可以用数字做的事情，以及数字结束时会发生什么。"

"数字何时结束？我认为数字的一个属性就是它们没有尽头。"

"说得对，也不对。这是我们将要面对的悖论之一：某些事情如何可以同时既是对的，又是不对的。"

"她是一个聪明的人，是不是！"德米特里说，"那么漂亮又如此聪明。"他做了一件令人惊讶的事情：他把那个身材矮小的老师抱在怀里，给了她一个拥抱，她做了一个鬼脸接受了，没有抗议。"既是对的，但又是不对的！"

他们俩之间有什么关系？医院老师德维托女士和拖地的工人德米特里之间到底是什么关系？

"你说大卫面临着危机，女士。为什么这样说呢？大卫患有一种或两种神经病变，但就我所知，神经病变不是一种严重的疾病，实际上根本不是一种疾病，而是一种身体状况。为什么要使用危机一词？"

"先生，因为医院是一个严肃的地方。任何一个发现自己在医院里的人都面临着危机，生命中的转折点，否则他就不会在这里了。另一方面，从某种意义来说，我们生命中的每个时刻都可以说是一个危机时刻：我们面对着分岔口，是选择左边，还是选择右边？"

我们选择左边，还是选择右边？他不明白她是什么意思。

男孩回来了，紧紧偎依着伊内斯，僵硬地走着。伊内斯盯着等待着的德米特里，希望他给他们让开路。

"我现在要离开，亲爱的①。"伊内斯说，"我需要到商店去。我会带上玻利瓦尔跟我一起去。西蒙会留下来照顾你，然后我晚上会回来。我会带给你一些好吃的东西。我知道医院的食物有多么难吃。"

Querido：亲爱的。他已经好久没有听到伊内斯说这个词了。

"跟我来，玻利瓦尔。"她说。

大狗待在大卫的床下不动。

"让狗待在这里吧。"他，西蒙说，"我相信医院的人不会介意它在这里过夜。如果它把这里弄得一塌糊涂，也不会是世界末日的，因为德米特里可以帮助打扫干净，这是他拿了报酬该做的事情。我会把它带回家的。"

他陪着伊内斯去停车场。在车旁，她转向他，眼里含着泪水。"西蒙，他怎么了？"她低声说，"他跟我说，他说他觉得自己快要死了，他很害怕。待在这里对他有帮助吗？难道你不认为我们应该带他回家，那样我们可以更好地照顾他吗？"

"我们不能这样做，伊内斯。如果我们把他带回家，我们永远不会知道他到底哪儿病了。我知道你对这些医生没有多少信心，我也没有，但是我们要多给他们一点时间，他们正在尽力而为。你和我可以一直看着他，确保他

_____

① "亲爱的"原文为西班牙语，querido。

没有受到伤害。我同意，他很害怕，我也可以看到这一点，但说他快要死了是荒谬的，这只是一个在孩子们中流传的故事，它没有依据。"

伊内斯从她的包里摸索出一张纸巾，擤了擤鼻子。"我希望你让那个德米特里离他远点儿。如果你看到他累了，就让老师别讲了。"

"我会的，我保证。现在走吧。我们晚上见。"

第 十 三 章

他在办公室找到里贝罗医生。"能占用你一分钟的时间吗?"他问道,"距离上一次听你介绍大卫的情况,已经有一段时间了。"

"请坐。"里贝罗医生说,"你儿子的病逐渐表明是一个棘手的病例。他并没有像我们希望的那样对治疗有反应,这使我们担忧。我和诺维拉一位专门研究风湿性疾病的同行讨论了他的病例,我们决定进行一系列新的测试。我不会详细介绍,但是你曾告诉我们大卫从小就开始密集地上舞蹈课,然后又有最近的体育,足球等等。在此基础上,我们正在试着提出一个假设:可能他的关节,尤其是膝关节和踝关节已成了反应部位。"

"对什么的反应?"

"对生命早期压力过大的反应。我们已经采集了一些体液样本,这些样本已经送到实验室。今天或最迟明天,我希望能出来一份报告。"

"我明白了。对于体能活动特别频繁的孩子,出现这种反应是否常见?"

"不常见,并不常见。但这是有可能的。我们必须调

86

查所有可能性。"

"大卫在很多时候都很痛苦。他越来越瘦了。对我而言，他看起来不太好。他也感到惊恐。有人，我不知道是谁，告诉他说他快要死了。"

"这太荒谬了。我们对我们病人的担忧是非常重视的，西蒙先生。如果我们不这样做，那是不专业的。但是说大卫处于危险之中，这绝对是错误的。正如我刚才所说，他的病例很棘手，这其中甚至可能有先天性因素在里面，但是我们正在着手解决。我们将解开谜团。他将能够尽快回去踢他的足球和跳他的舞蹈。你可以告诉他，这是我所说的。"

"那跌倒是怎么回事？正如你所知，他的问题并非始于关节疼痛。他在踢足球时就开始跌倒了。"

"跌倒是一个单独的问题。我对此非常确定。跌倒出自一个简单的神经原因。等他的身体健康状况有所好转，炎症消退，他不再痛苦了我们再去处理导致跌倒的痉挛问题。我们可以探究各种诊断可能性：例如某种前庭紊乱，表现为眩晕，或称为舞蹈病的罕见病症。但所有这些都需要时间。身体自我恢复也需要一点点来，我们不能着急。一旦身体自我修复，我们就可以开始肌肉强化运动。现在，如果你不介意的话我还有事……"

他在医院的空场上闲逛，等待着德维托女士的课程结束，以便他可以和大卫独处。

"你的课上得怎么样？"他问。

男孩没有回答这个问题。"伊内斯帮我揉腿的。"他说，"你可以也帮我揉腿吗？"

"当然可以！揉腿可以有助于缓解双腿疼痛吗？"

"能缓解一点儿。"

男孩小心翼翼地伸出腿来，把裤子褪下来。他把柜子里的按摩膏抹到他的大腿和小腿上，然后按摩着，尽量小心不要按压他肿胀的膝盖。

"伊内斯想对我好，她想成为我的母亲，但她事实上，她不能成为我真正的母亲，她能吗？"男孩说。

"她当然能。她像所有其他的母亲一样，全身心地关爱着你。"

"即使她不能成为我的母亲，我也喜欢她。西蒙，我也喜欢你。你们两个我都喜欢。"

"那很好。伊内斯和我都爱你，我们会一直关心你。"

"但是你们无法阻止我死去，不是吗？"

"不，我们可以阻止。你等着瞧。当你的时代到来，当你长大了，伊内斯和我将已经成为老人，那时你可能是一个著名的舞蹈家，或者著名的足球运动员，或者是著名的数学家，无论你选择做什么，也许三者都在做。我们都会以你为荣，你可以相信这一点。"

"当我小的时候，我曾想要像堂吉诃德一样去拯救人们。你还记得吗？"

"我当然记得。拯救人们是一个很好的理想。即使你不像堂吉诃德那样以救人为一种职业，你也可以在闲暇时，在你不做数学或踢足球时拯救他们。"

"这是个笑话吗，西蒙？"

"是的，是个笑话。"

"数学和数字一样吗？"

"从某种意义上说。如果没有数字，就没有数学。"

"我想我会从事数字，而不是数学。"

"给我讲讲德维托女士的课吧。"

"我告诉她如何跳七，如何跳九。但她说舞蹈并不重要。她说这不会让你为生活做好准备。她说我必须学习数学，因为一切都源于数学。她说，如果你非常聪明，你不需要用语言思考，你可以用数学思考。她是德米特里的朋友。你认为德米特里会杀了她吗？"

"当然不会。如果医生觉得德米特里会杀人，他们是绝不会让他离开上锁的病房的。不会的，德米特里是一个改过自新的人。被治愈、改过自新了。他的病医生们治疗得很好。医生也会将你治好，你将会看到这一点。你要耐心等待。"

"德米特里说，医生根本不知道自己在说什么。"

"德米特里对医疗一无所知。他只是一个清洁工。不要理会他说的话。"

"他说，如果我死了，他会自杀，这样他就可以追随我。他说我是他的国王。"

"德米特里一直有点不正常，有点癫狂。我要和里贝罗医生谈谈，看能不能让德米特里到另一个楼层工作。他这种病态的谈话对你不利。"

"他说，当人们死了，他就把他们带到地下室，并将他们放入冷冻柜里。他说这是他的工作。这是真的吗？你觉得呢？他真的把人放进冷冻柜里吗？"

"够了，大卫。不要说这种病态的话了。按摩对你有帮助吗？"

"有点儿。"

"好吧，穿上裤子。我要和你坐在一起，握住你的手，然后你小睡一下，这样等你的朋友到来时你会感觉有精神些。"

在接下来的两个小时里，男孩确实睡了，一会儿睡，一会儿醒。当孩子们到达的时候，他看起来好多了，眼睛里闪烁着光芒。

今天的访客人数少于前一天，但小阿特米奥，玛丽亚·普鲁登西亚和孤儿院的高个子男孩都来了。玛丽亚带来了一束野花，把它随手放在了床上。

他开始喜欢玛丽亚了。

"你们想听什么？"大卫问，"你想听关于堂吉诃德更多的事情吗？"

"好的！堂吉诃德！堂吉诃德！"

"堂吉诃德在风暴中骑马走啊走。天空一片黑暗，沙子四处旋转。一道闪电照亮了一座城堡的围墙。他在城垛前停了下来，喊道：'听好了，勇敢的堂吉诃德大驾已到！打开你们的大门！'

"他喊了三遍'堂吉诃德大驾已到！'后，大门吱吱嘎嘎地打开了。堂吉诃德骑上他的骏马暗影，进入了城堡。

"但是他刚刚进入大门的时候，门就在他身后关上

了，并且发出了声音：'欢迎，勇敢的堂吉诃德，欢迎来到迷失者城堡。我是沙漠王子，从此以后你将成为我的奴隶！'

"然后拿着棍棒和夹板的仆役们攻击了堂吉诃德。虽然他英勇地反抗，但是这些人还是抢走了他的马，卸下他的盔甲，并把他扔进了地牢，在那里，他发现周围还有许多不幸的旅人，被沙漠王子抓来变成了奴役。

"'你就是大名鼎鼎的堂吉诃德?'仆役中的首领问道。

"'我是。'堂吉诃德回答说。

"'据说堂吉诃德，没有锁链可以束缚他，没有监狱可以困住他?'

"'确实如此。'堂吉诃德说。

"'那么请解救我们吧，堂吉诃德！'奴隶的首领恳求道，'把我们从可悲的命运中解放出来！'

"'请解放我们！解放我们！'其他的奴隶的呼喊声一齐响起。

"'毫无疑问，我会解放你们。'堂吉诃德说，'但是请耐心等待。因为我还不清楚解放你们的时间和方式。'

"'现在就解放我们吧！'一阵齐声呐喊传来，'我们已经耐心等待很久了！如果你真的是堂吉诃德，请解放我们吧！让锁链脱落！让监狱的墙灰飞烟灭！'

"然后堂吉诃德生气了。'我遵循骑士侠义的召唤，'他说，'我在世界各地纠正不公。我不做魔术伎俩。你要求我给你们奇迹，但你们都不给我提供食物和饮料。我鄙

视你们！'

"奴隶们很羞愧，送上来食品和饮料，并恳求堂吉诃德原谅他们的吝啬。他们说：'无论你要求我们做什么，我们都会去做，堂吉诃德。''把我们从囚禁中解救出来，我们将跟随你到地球的尽头。'"

大卫停顿了一下。孩子们静静地等着他接着往下讲。

"现在我累了，"他说，"现在我要停下来。"

"你能不能告诉我们接下来会发生什么？"高个子男孩问，"他解放了这些奴隶吗？他逃离了城堡吗？"

"我累了。一切都是黑暗。"大卫把膝盖挪到胸前，躺到床上。他的脸露出了空洞的表情。

德米特里向前走了一步，将一根手指放到嘴边说："时间到了，该离开了，年轻朋友们。我们的主人度过了漫长的一天，他需要休息。不过看看我这里有什么？"他在口袋里翻找，然后拿出一把糖果，左右摇晃着。

"大卫会好起来吗？"小阿特米奥说。

"他当然会好起来！你认为一群穿着白色外套的坏蛋可以击败勇敢的大卫吗？不，并非世界上所有医生都能阻止他。他是狮子，是真正的狮子，是我们的大卫。明天来，你们会看到的。"他把孩子们赶到了走廊。

他，西蒙，跟随着。"德米特里！我们可以说句话吗？你说的关于医生的话——你难道不认为自己在大卫面前贬低他们是不负责任的吗？如果你不站在医生那一边，你到底站在谁的一边呢？"

"当然是站在大卫的一边。站在真相这一边。我知道这些医生，西蒙，他们所谓的医学科学。你认为一个人每天清理他们留下的烂摊子，不会从他们那里学到一些东西吗？让我告诉你，他们不知道你的儿子得了什么病，一点也不知道。他们正在编一个故事——编写一个故事并盼望着好的结局。但是你不用介意。大卫会自愈的。你不相信我？来吧。来，让他自己亲口告诉你吧。"

当他们回来时，大卫无动于衷地看着他们。

"告诉西蒙你告诉我什么了，年轻的大卫。你对这些医生有信心吗？你相信他们有能力拯救你吗？"

"是的。"男孩低声说。

"你很宽宏大量，"德米特里说，"但这可不是你告诉我的。你永远有着一个宽宏大量的灵魂，大度，善良又体贴。西蒙一直在担心你。他觉得你会每况愈下。我告诉他不要担心。我告诉他，尽管你不是医生，但你会自愈。你会将自己治愈，不是吗，就像我一样把坏的东西去掉。"

"我想见耶利米。"男孩说。

"耶利米？"他，西蒙问。

"他指的是羊羔耶利米，"德米特里说，"他们在学校后院的小动物园里养的一只羊羔。耶利米长大了，我的孩子，它已经不再是一只小羊，变成了一只大羊。你昨晚吃的饭里面可能就有耶利米的后臀肉。"

"它没有长大。它还在那里。西蒙，你能把耶利米带来吗？"

"我会把耶利米带来。我会去学校，如果耶利米还在那里，我会把它带到你身边。但如果耶利米不在那里，我还能带其他的动物来吗？"

"耶利米在那里。我知道。"

那天晚上，在伊内斯看护的时候，大卫开始癫痫发作。开始只是痉挛：男孩的身体变得僵硬，双手紧握，咬牙切齿，显现鬼脸状；然后他的肌肉放松，又恢复到正常的状态。但是很快痉挛会一波又一波地反复和加剧。从他的喉咙里传出呻吟声——"好像有什么东西在他身体里面撕扯。"伊内斯说。他的眼睛翻白，他的后背拱起，真正的癫痫来了，然后一轮接着一轮。

值班医生很年轻，缺乏经验，给他用了抗痉挛的药，但是没有任何效果。癫痫发作越来越快，一次接着一次，中间几乎没有停顿。

当他接伊内斯班的时候，暴风雨已经过去。男孩或是昏迷或是睡着了，虽然偶尔他的身体还轻微地抽搐。

"至少我们现在知道出了什么问题。"他说。

伊内斯茫然地看着他。

"至少我们知道问题的根源了。"

"那是什么？"

"我们知道导致摔倒的原因了。我们知道是什么原因导致他失神，为什么有的时候，他看起来心不在焉。即使无法治愈，至少我们知道出了什么问题。这总比什么都没有好。总比什么都不知道好。回家，伊内斯，回去睡一会儿。忘了商店的事情。商店自身会运营良好的。"

他从男孩的手中把她的手松出来。她没有反抗。然后他做了一件他以前没有勇气做过的事情：他伸出手，抚摸她的脸，吻了一下她的额头。她哭泣着；他抱着她，让她哭，让她把悲伤哭出来。

第 十 四 章

男孩睁开眼睛时说出的第一句话是："你把耶利米带来了吗？"

"我会马上告诉你关于耶利米的事。但是首先，我想知道你的感觉。"

"我嘴里有一种像烂桃子的味道，我的嗓子很疼。他们给了我冰淇淋吃，但那种味道还会回来。他们说他们会把我身体里旧的血液抽出去，再往我的血管中注入新的血液，然后我就会被治好了。耶利米在哪里？"

"我很遗憾地告诉你耶利米还在学校，而奥尔尤沙正在寻找一个足以容纳他的笼子。如果他找不到笼子，他就做一个笼子。然后他就可以乘坐巴士把耶利米带过来了。他已经答应了。同时——看！——我给你带了两个新朋友。"

"它们是什么？"

"麻雀。我和奥尔尤沙交谈之后，在宠物店那里停了一下给你买了这两只鸟。你喜欢它们吗？他们的名字是林奇和丁奇。林奇是雄鸟，丁奇是雌鸟。"

"我不想要它们。我想要耶利米。"

"耶利米正在来的路上。我想你应该更加欢迎你的新朋友一些。它们等了整个上午期待着与你见面。听它们的叽叽喳喳。它们在说什么？"

"他们什么也没说。它们是鸟。"

"著名的大卫！著名的大卫！这就是它们用自己的语言一遍又一遍地说的。那新的血液是怎么回事？"

"他们将用火车将新的血液送来。里贝罗医生将把它注入我的体内。"

"那很好。感觉有希望。你想让我怎么处理林奇和丁奇？"

"把它们放生。"

"你确定吗？它们是宠物鸟，不习惯于自我保护。要是一只鹰捕获了它们，把它们吃掉怎么办？"

"屋子里没有鹰，在这里放飞它们。"

"我会这样做，但你必须记得喂它们。我明天会带给你一些鸟食。现在你可以喂它们面包屑。"

劝两只小鸟离开笼子花了一段时间。自由后，它们就在房间里到处飞，撞到各种物件，最终并排站立在窗帘杆上，看起来很不开心。

关于新鲜血液的故事事实证明是真的，或部分是真的，据他听里贝罗医生说。医院里有政策，要储备一些血液以备收治入院的患者使用，但是由于大卫的血型罕见，所以他们不得不请求从诺维拉送来。

"你打算给大卫换血吗？是因为癫痫发作吗？"

"不，不，你误解了。血是一个单独的问题。在紧急情况下，作为预防措施，血液需要随时在手边。这是我们的常规政策。"

"血液正在路上吗？"

"一旦诺维拉的血库找到捐献者，血液就会在路上了。这可能需要一段时间。正如我所说，大卫的血液类型很罕见。非常罕见。关于癫痫发作，我们已制订新的药物治疗方案来进行控制。我们将拭目以待，看效果如何。"

这些新药不仅让大卫昏昏欲睡，而且似乎也在削弱他的精神状态。早上与德维托女士的课程被取消了。当公寓的男孩们来看大卫时，他，西蒙，恳求他们别吵，让大卫睡一下。但很快就来了一拨新人：奥尔尤沙，学校的年轻教师，大卫与他有着非常亲密的关系，同行的还有一些大卫的同学。奥尔尤沙用胜利者的姿态带着一个装着羊羔耶利米的铁丝笼，或者至少是最新一只叫耶利米的羊羔。

耶利米一被放出来，孩子们就变得无法控制了，他们四处跑着，笑着，试图抓住耶利米，而他的硬蹄子不停地在板上打滑。

他，西蒙，对床下趴在窝里的狗保持着警惕。即便如此，当玻利瓦尔突然出现并对那只毫无防备的羔羊施压时，他的行动还是慢了一拍。他只来得及扑过去，抓住狗的脖子，拽住不让它动。

大狗奋力想要摆脱。"我抓不住它了！"他喘着气对奥尔尤沙说，"让羊羔离这里远点！"

奥尔尤沙把羊羔赶到角落，把它高高举起，只听得它凄惨地咩咩叫。

他放开了玻利瓦尔，现在这狗围着奥尔尤沙，等着他累了，好伺机蹿上去。

"玻利瓦尔！"大卫大声地说，他坐在床上，举起手臂，手指指着说，"过来！"

狗一下蹿跳到床上并在那里安顿下来，他的眼睛盯着大卫的眼睛。房间里一片沉默。

"把耶利米给我！"

奥尔尤沙把羊羔从高处放下来，放入大卫的怀抱。羊羔不再踢蹬和挣扎。

相当长一段时间，他们面对面：男孩怀抱着羊羔和狗，而狗轻轻地喘息着，仍在等待机会。

这种状态被德米特里的到来打破。"你好，孩子们！到底是怎么回事？你好，奥尔尤沙，你怎么样？"

奥尔尤沙严肃地示意德米特里保持安静。他们两人之间从未失去过任何好感。

"你，大卫，"德米特里说，"你在忙什么？"

"我正在教玻利瓦尔好好表现。"

"这只狗是狼的同类，我的孩子。你不知道吗？你永远无法教会玻利瓦尔像小羔羊一样。他的本性就是追捕羔羊，并把他们的喉咙撕裂。"

"玻利瓦尔会听我的。"他把羊推向狗。羔羊在他的手中挣扎着。玻利瓦尔没有动，它的眼睛盯着男孩。

男孩突然疲倦地倒在床上说："你牵着它吧，奥尔尤沙"。

奥尔尤沙从他那里接过了羊羔。"来吧，孩子们，说再见吧。现在大卫该休息了。再见，大卫。我们明天会和耶利米一同回来。"

"把耶利米留下。"男孩命令道。

"这不是一个好主意，因为有玻利瓦尔在周围。我保证明天会把它带回来。"

"不，我希望它留下来。"

这就是问题的解决方式：大卫的意志将占上风。耶利米被留在它的铁丝笼里，用报纸给它铺了一个垫子，可以吸收尿液，还有从厨房弄来的一堆菠菜来支撑它的生命。

伊内斯负责看护期间，羔羊愚蠢地睡着了。她自己也睡着了。当她早晨醒来时，笼子侧倒着，里面没有羔羊了，只剩下羊头和血腥的一堆皮和四肢在本来干干净净的地上。

她往床下看，迎着她的是狗的冷酷的眼神。她踮着脚尖从房间里出去，找回来一个桶和一个拖把，尽可能地清理掉这乱糟糟的一切。

第 十 五 章

羔羊耶利米死后,男孩发生了变化。来访者看到的不再是一个带着笑容的孩子,而是变得冷淡矜持。至于麻雀林奇和丁奇,它们已经消失在医院大楼之中。没有人提到它们或它们的结局。

其中一名护士,又或者是德维托女士,在大卫的床上方墙上挂了一串蓝色和红色的节日灯。它们不协调地时开时关,也没有人把它们拿下来。

有些访客来的时候,男孩甚至会从开始到结束一直保持沉默。也有的时候,他毫无征兆地开始讲他的堂吉诃德的故事,讲完之后又是保持缄默,仿佛要进一步反思故事的意义。

他讲的一个故事中有一个是关于堂吉诃德和线球的。

在某一天,人们给堂吉诃德带来了一个线球。如果你真的是堂吉诃德,他们说,那么你就能够把这个线球解开。

堂吉诃德没说话,但是拿出他的长剑并将线球一劈两半。他说,因为怀疑我,你们将遭到祸报。

听到这个故事,他,西蒙,在想这里面给堂吉诃德拿来线球的"人们"是指谁。是指像他这样的人吗?

另一个故事涉及驽骍难得。

一个男人问堂吉诃德说,这是那匹著名的会数数的马——驽骍难得吗?我想让它成为我的马。它要多少钱?

堂吉诃德对他说:驽骍难得没有价格。

这名男子说,一匹会数数的马可能很少见,但它肯定不会是无价的。在这个世界上没有什么是没有价格的。

然后堂吉诃德说,人啊,你看到的不是世界本身,而是蒙在这个世界上的那层纱。盲目的人啊,你会有祸报的。

堂吉诃德的话让这个男人感到困惑。他说,至少让我看看马是怎样数数的。

这个时候桑丘说话了。他双脚交叉,先是踢踏踢踏连跳了两下,接着又踢踏踢踏踢踏连跳三下。现在请走开,不要烦我的主人。

大卫讲的另一个故事关于堂吉诃德和处女——埃斯特雷马杜拉的处女①。

堂吉诃德面前有一个处女,她有一个没有父亲的孩子。

堂吉诃德问这个处女,谁是这个孩子的父亲?

处女回答说,我说不出来谁是孩子的父亲,因为我与拉蒙发生了性关系,我与雷米也发生了性关系。

然后堂吉诃德让他们把拉蒙和雷米带到他面前。你们

---

① 原文为西班牙语, la virgen de Extremadura。

哪位是这个孩子的父亲？他问道。

拉蒙和雷米没有回答，保持沉默。

然后堂吉诃德说，把一个澡盆充满水，于是人们把澡盆充满了水。然后堂吉诃德将婴儿从襁褓中抱出来，将他放在水中。让孩子的父亲站出来，他说。

但是拉蒙和雷米都没有站出来。

然后婴儿沉到水下，身上变成蓝紫色并死去了。

然后堂吉诃德对拉蒙和雷米说，你们俩都有祸报了；他对处女说，你也有祸报了。

大卫讲完埃斯特雷马杜拉处女的故事后，孩子们沉默不语，充满了疑惑。他，西蒙，想要质疑：如果这个女孩有性交，那么她就不可能是处女。但是，他还是闭上嘴没说话。

大卫的另一个故事涉及一个数学家。

在旅行中，堂吉诃德遇到了一群有学问的人。一位数学家正在展示如何方便地测量山的高度。他说，在院子里立一根一码长的棍子，然后观察它的影子。在棍子的阴影长达一码的那一刻，测量山的阴影。看吧，那影子的长度会告诉你山的高度。

学识渊博的人们为这位学者的聪明才智鼓掌。

然后堂吉诃德对学者说话了。虚荣的人！他说。你难道不知道这句话吗：没有爬上山顶的人不可能知道它的高度？

然后堂吉诃德带着对这些学识渊博者的鄙夷上路了，而学识渊博的人们也哈哈大笑。

"你从来没有告诉我们那匹带翅膀的白马怎么样了。"小阿特米奥问道，"那匹腾空飞走的马。后来它回到堂吉诃德那里了吗？"

　　大卫没有回应。

　　"我想它回来了，"阿特米奥说，"他回来和驽骍难得交了朋友。因为一匹马会跳舞，另一匹马会飞。"

　　"嘘！"德米特里说，"你没有看到，年轻的主人在思考吗？在他思考的时候，你要更尊重点，不要说话。"

　　德米特里越来越多地将大卫称为年轻的主人。这让他，西蒙，很恼火。

　　羔羊的死对伊内斯也有影响。对于羔羊本身，她并不在意。让她感到困扰的是，在残杀发生的过程中她是睡着的。"如果是大卫癫痫发作的时候，那怎么办？"她说，"如果那时候他需要我，而我睡着了怎么办？"

　　"没有人可以在商店工作一整天，然后整个晚上还不睡觉的，"他回答道，"让我接夜班吧。"于是他们改变了作息规律。当孩子们在下午离开的时候，他也和他们一起离开了。他会在自己的公寓里吃顿晚饭，然后再小睡一两个小时，之后赶最后一班车回到医院，来替换伊内斯。

　　德米特里通过找厨房工作人员帮忙——他在医院内的影响力似乎是无限的——确保大卫在早上能吃到奶油粥，晚上有豌豆加土豆泥。"对于年轻的主人来说，没有什么比这些吃的更好了。"他说，一边徘徊在大卫的周围，看着大卫吃饭，而大卫吃得像鸟一样少。

　　所有的护士都不喜欢德米特里，他，西蒙，对此并不感到惊讶。当丽塔修女进入病房时，她根本不回应德米特里的问话。只有教师德维托女士似乎与他保持着良好的关系。他越来越相信他们之间在发生一些事情。他后脊梁一阵发凉，是什么让她走近了一个众所周知的杀手？

他清楚地知道，德米特里在他背后嘲笑他是一个"理性的人"，一个让激情始终处于受控状态的人。*如果我们都遵守理性规则，这会是一个什么样的世界？*德米特里曾经问过这个问题，并自己给出了答案：*那一定是一个沉闷不堪的世界。*他，西蒙，想说的是：*也许是沉闷的，但总比让激情统治的世界更好。*

男孩的药物与晚餐一起发，这些药是帮助他抑制癫痫发作，并让他睡好觉的。有时，他会在夜深人静的时候醒来并露出昏昏欲睡的笑容。"我在做梦，西蒙，"他会低声说，"我睁着眼睛都能做梦。"

"这很好，"他会低声回应他，"现在接着睡吧。你可以在早上的时候给我讲梦里的故事。"在夜晚蓝色的幽光之中，他将一只手放在男孩的额头上，直到他又睡去。

时不时地会有清醒的时刻，他们在那时交谈。

"西蒙，我死了，你和伊内斯会生个孩子吗？"男孩咕哝地问。

"不，当然不会。首先，你不会死。其次，伊内斯和我对彼此没有那种感觉，那种想一起生孩子的感觉。"

"但你和伊内斯可以性交，不是吗？"

"我们可以，但我们不想。"

男孩沉默地想了很长一段时间。当他再说话时，声音甚至更加微弱了："为什么我必须成为那个男孩，西蒙？我从未要求成为叫那个名字的男孩。"

他想等着听更多内容，但男孩又睡着了。男孩把头放在他的怀里，进入了轻松的睡眠状态。然后突然间鸟鸣声和黎明的第一缕阳光到来。他上了一趟厕所。当他回来时，男孩已经完全醒了，躺在那里，膝盖紧紧地贴在胸前。

"西蒙，"他说，"我会被认可吗？"

"认可？被认可为英雄？当然。但你首先要做一些事情，一些让人们会记得你的那种事情；那些事情必须是好事。你看德米特里是如何通过做一件坏事而成名的，现在德米特里在哪里？被忘记了。没人认可。你必须做好事，然后有人必须写一本关于你的书来描述你的许多事迹。事情通常是这样。这也是堂吉诃德被认可的方式。如果不是贝南黑利先生写了一本关于他事迹的书，堂吉诃德这个骑马在乡下乱走的疯狂老头是不会被认可的。"

"但是谁会写一本关于我的事迹的书呢？你会吗？"

"是的，如果你要，我会这样做的。我不是多好的作家，但我会尽我所能。"

"但是你必须保证不要去理解我。当你试图理解我时，就会破坏一切。你保证吗？"

"好的，我保证。我只是根据我所知道的简单讲述你的故事，从我遇到你的那一天开始讲起，不会试图去理解它。我将讲述那艘将我们带到这里的船，以及你和我如何寻找伊内斯并最终找到她。我会讲述你如何去诺维拉的学校上学，如何被转到少年教养所上学，以及如何逃出来，然后我们如何来到埃斯特雷拉。我会讲述你如何去阿罗约先生的学校上学，并且成为所有舞者中最好的一个。我不认为我会讲法布里坎特博士和他的孤儿院。他最好被排除在故事之外。然后，当然，我将讲述你病好后离开医院后所做的所有事情。肯定有很多要讲述的事情。"

"我做过最好的事是什么？我跳舞的时候，这是一件好事吗？"

"是的，当你跳舞的时候，你让人们眼前一亮，看到他们以前从未见过的东西。所以你的舞蹈属于一件好事。"

"但是我在生活中没有做过很多好事，不是吗？没有像一个英雄那样做过很多好事。"

"你当然有！你救了人，救过许多人。你救了伊内斯。你救了我。没有你，我们会在哪里？有一些好事是你自己做的，有些好事你是在堂吉诃德的帮助下做的。你活在堂吉诃德的冒险经历之中。堂吉诃德就是你。你就是堂吉诃德。但是我同意，你的大部分好事还没有做呢。等你病治好以后回家后，我们就开始做。"

"德米特里呢？你也会把德米特里从书中删掉吗？"

"我不知道。我该怎么办？你来告诉我。"

"我想你应该把德米特里留在里面。但是当我下辈子的时候，我不会再成为那个男孩了，而且我不会成为德米特里的朋友。我将成为一名老师，我会留胡子。这就是我的决定。我是否必须去上学然后才能当老师？"

"这要视情况而定。如果你想教舞蹈，像阿罗约先生开的这类专校会比任何学校都好。"

"我不想只是教舞蹈，我想教所有的东西。"

"如果你想教一切，你必须去上很多学校，并在很多老师的指导下学习。我不认为你会喜欢这样。也许你应该成为一个智者而不是一个老师。你不需要去学校才能成为一个智者。你可以留胡子，讲故事；人们会坐在你的脚下倾听。"

男孩忽略这话中的揶揄。"忏悔①是什么意思？"他问道，"这本书中说，当堂吉诃德知道自己快要死了的时候，他决定去忏悔。"

"忏悔是过去人们遵循的一种习俗。我恐怕也就知道这么多。"

"德米特里杀死安娜·玛格达莱娜之后做的事是忏悔吗？"

"不完全是。当你忏悔时，你必须是诚恳的，而德米特里从来就不是诚恳的。他对大家说谎，他对自己也在说谎。"

"我需要忏悔吗？"

"你？当然不用。你是一个无可指责的孩子。"

"摒弃②又是什么意思？书中说堂吉诃德摒弃了他的故事。"

---

① 原文为西班牙语，confesar。
② 原文为西班牙语，abominar。

"意思是他排斥这些故事。他不再相信这些故事。他改变了主意，认定这些故事很糟糕。你为什么问我这些问题？"

男孩沉默了。

"大卫，堂吉诃德生活在过去。在那个时候，人们对他们允许接受的故事要求是非常严格的。他们将它们分为好的和坏的。坏的故事是你不应该听的故事，因为它们让你偏离了美德的道路。人们应该摒弃这些故事，就像堂吉诃德在他去世前那样对待他的故事。但是在你决定摒弃自己的故事之前——如果这是你所暗示的——那么你应该记住三件事。首先，在我们现在的世界中，情形已经不像过去那样严格，你讲的堂吉诃德故事都不会被视为坏故事。我这样想，我相信你的朋友也会同意我的想法。其次，堂吉诃德选择摒弃他的故事，是因为他在临终之际。你不处于临终之际。相反，在你面前还有漫长而激动人心的生活。最后是当堂吉诃德说他要摒弃他的故事时，他的本意并非如此。他这样说是要让他的书、关于他的书圆满结束。尽管他没有使用这个词，但是他说这句话时是在用一种反讽的形式。如果他真的要摒弃他的故事，那么他就不会鼓励人们把它们写下来。他会和他的马跟他的狗待在家里，看天上飘过的云，盼着下雨，晚饭吃粗面包和洋葱。他永远不会被人认可，更不用说成名了。而你——你有各种机会成名。就这些。我很抱歉在这大早上的，这么长篇大论地给你说了这么多。谢谢你听我说。我现在就闭嘴不再说了。"

第二天晚上他们继续谈话。男孩明显昏昏欲睡，但他还是努力与药物做斗争，争取保持清醒。"我很害怕，西蒙。当我入睡时，噩梦就在那里等着我。我试图逃跑，但我不能，因为我跑不起来了。"

　　"给我讲讲这些噩梦。有时，当我们说出自己的梦时，这些梦就不能在控制我们了。"

　　"我已经把我的噩梦告诉了医生，但是没有用，还是做噩梦。"

　　"你告诉了哪位医生？里贝罗医生吗？"

　　"不，是那位镶着金牙的新医生。我告诉了他我的梦，他把它们写在本子上。"

　　"他有做任何评论吗？"

　　"没有。他问我关于我母亲和父亲的事，我真正的母亲和父亲。他问我还记得什么关于他们的事情。"

　　"我不记得任何医生镶着金牙。你知道他的名字吗？"

　　"不知道。"

　　"我会问里贝罗医生他是谁。现在你得去睡觉了。"

　　"西蒙，死是什么样？"

　　"我会回答你，但有一个条件。条件是我们要达成共识，也就是说我们不是在谈论你。你不会死的。如果我们谈论死亡，我们是在谈论抽象的死亡。你接受我提的这个条件吗？"

　　"你说我不会死，因为那是父亲应该说的。但我的病不会真的好了，是吗？"

　　"你当然会好！现在：你接受我提的条件吗？"

"好的。"

"很好。死是什么感觉？要我想象的话，你躺在那里仰望蓝色的天空，感到越来越困倦。一种巨大的平和感降临在你身上。你闭上眼睛就走了。当你醒来的时候，你正在乘船漂过大海，微风拂面，海鸥在头顶鸣叫。一切都是那样地清新。那个时候，就好像你又一次重生。你没有任何对过去的记忆，也没有对死亡的记忆。世界是新的，你是新的，你的四肢有新的力量。这就是死亡的样子。"

"在新生活中，我会见到堂吉诃德吗？"

"当然，堂吉诃德会在码头上等着迎接你。当穿着制服的男人试图阻止你，并把一个写着新名字和新的出生日期的卡片别在你的衬衫上时，他会说：'让他通过，先生们。这是 David el famoso，著名的大卫，我特别喜欢他。'他会把你抱上他的马驽骍难得，让你坐在他身后，你们两个人会一起骑马去做你们的好事。你将有机会给他讲一些你的故事，他会给你讲他的一些故事。"

"我要说另一种语言吗？"

"不用，堂吉诃德说西班牙语，你也会说西班牙语。"

"你知道我在想什么吗？我认为堂吉诃德应该来到这里，我们应该在这里做好事。"

"那是很好。如果这里有堂吉诃德，埃斯特雷拉一定会被震撼。不幸的是，我不认为这是被允许的。把人从来世召唤到现世是有悖常理的。"

"但你怎么知道的？你怎么知道什么是允许的，什么是不被允许的?"

"我不知道自己是怎么知道的,就像你也不知道你怎么就会唱你的那些有趣的歌。但我相信这就是规则的运作方式,我们生活的规则。"

"但如果没有新生活怎么办?如果我死了,但我没有醒来,怎么办?如果我不醒来,我会是谁?"

"没有新的生活,你说这句话是什么意思?"

"如果新的生活结束了,数字和其他一切都结束了,怎么办?如果我就是死了,我会是谁?"

"现在我们正在进入一种语言,叫作哲学,我的孩子。你确定要在深夜开始进入这种新的语言吗?你不应该睡觉吗?我们可以在早上,当你更清醒的时候,尝试哲学。"

"要讲哲学的语言,我必须上课学习吗?"

"不,你可以同时讲哲学的语言和西班牙语。"

"那我现在想说哲学的语言!如果我没有醒来,会发生什么?为什么堂吉诃德不被允许到这里来?"

"堂吉诃德被允许漂洋过海来到这里,但是他得通过一本书做到,就像你遇到他时读到的那书。他不能活生生地、有血有肉地出现在我们面前。至于说不再醒来,如果我们根本就不会醒来,那么——空无,空无,空无。这就是我所说的哲学的含义。当没什么可以说的时候,哲学会告诉我们。哲学告诉我们何时该静静地坐着,闭嘴。没有更多的问题,也没有更多的答案。"

"你知道我要做什么吗,西蒙?在我死之前,我要将关于我的一切写在一张纸上，并把它折叠成很小的一块，紧紧地放在我的手里。然后，当我在来世醒来时，我可以读上面的字，搞清楚我是谁。"

"这是一个很好的主意，这么长时间以来我听到的最好的主意。紧紧抓住它，不要让它溜走。很多年以后，当你成为一个老人，到了你要死的时候，记下你的故事，并把它带到来生。那么，在来生里，你会知道自己是谁，每个读到这个故事的人也会知道你是谁。这真是个好主意！但是要确保拿着纸的手不会落入水中，因为要记得，水可以清洗掉所有东西，包括书写的字。

"现在是睡觉的时候了，我的孩子。闭上你的眼睛。把你的手给我。如果你醒来需要什么，我会一直在这里。"

"但我不想成为这个男孩，西蒙！在接下来的生活中，我想成为我，但我不想成为这个男孩。我能这样做吗？"

"规则会说你没有选择。规则会说你必须是你自己而不是其他人。但是你从来没有遵守规则，对吗？所以在接下来的生活中，我相信你会成为你想成为的人。你必须要坚强而果断。你不想成为的这个男孩，究竟是谁呢？"

"这个男孩。"他比画着他自己的身体，和他两条废掉的腿。

"这只是运气不好，我的孩子。正如我前几天告诉你的，我们周围的空气中充满了邪恶的小生物，他们很微小，肉眼看不到。他们唯一的愿望就是爬到我们身体里面，并安营扎寨。百分之九十九的情形中，他们都未能进入。你碰巧是那个第一百例，只是运气不好。运气不好不值得我们讨论。现在睡觉吧。"

第十六章

　　他第二天到医院时，发现大卫床边有个人。刚开始，他并没有认出这是谁：一个女人穿着长长的黑色连衣裙，脖子上的领子看着像是脖子上的皱纹，一头灰发被梳理得紧紧贴着头皮。当他走近些，他认出来了，这是奥尔玛——在他们刚刚抵达埃斯特雷拉，没有任何朋友的时候，在农场为他们提供庇护的三姐妹中的老三。看来，大卫生病的消息已经传播开来了！

　　在角落里的扶手椅上，他看到了一位男士：音乐专校的校长阿罗约先生。

　　他问候了奥尔玛，又问候了阿罗约。

　　"胡安·塞巴斯蒂安告诉我，大卫病了，所以我来看看。"阿尔玛说，"我从农场带来了一些水果来。我们上次见到你，大卫，那是好久之前的事情了。我们很想念你。等你病好了，你一定得马上去看望我们。"

　　"我要死了，所以我不能去看望你们了。"

　　"我不认为你会死，我的孩子。如果真是那样，会有许多人伤心的。它会伤我的心，还有西蒙的心，我相信，还有你的母亲，和胡安·塞巴斯蒂安的心，而这仅仅是个开始。此外，你不记得你要告诉我消息，那个重要的消息吗？如果你死了，你将无法传递消息，我们都不会知道那消息是什么。所以我认为你应该集中精力把身体变健康。"

"西蒙说我是第一百个人，而第一百人必须死。"

他，西蒙，说话了："我在谈论统计数据，大卫。我说的是百分比。百分比不是现实生活。你不会死的，但即使你死了，那不会是因为你是第一百号，或者九十九号，或者任何其他号码。"

大卫没有回应他，继续说道："西蒙说，在来世，我可以成为别人，我不必是现在这个男孩，我不是一定要传递消息。"

"你不喜欢当现在这个男孩吗？"

"不喜欢。"

"如果你不喜欢成为现在这个男孩，那么，大卫，在来世你想成为谁呢？"

"我宁愿做一个正常的孩子。"

"那将是多么浪费！"她把她的一只手放在他头上，他闭上了眼睛，脸上带着专注的表情，"我多么希望在来世，你和我会再次相遇并继续我们的这些对话。但正如你所说，在来世，我们可能会成为别人。太遗憾了！好吧，该说再见了，我还要赶一趟公共汽车。再见，年轻人。我一定不会忘记你，今生不会忘记。"她在他的额头上吻了一下，然后对阿罗约先生说，"您现在能为我们演奏吗，胡安·塞巴斯蒂安？"

阿罗约先生拿出他的小提琴盒，迅速地调了一下音，然后开始演奏。他，西蒙以前没有听过这段音乐，大卫听着露出纯真的孩子般的笑容。

作品演奏完了。阿罗约把他的弓垂下来。"大卫，该你跳舞了吗?"他问道。

男孩点点头。

阿罗约从头到尾又演奏了一遍。大卫闭着眼睛，完全静止，完全处于他自己的世界里。

"好了，"阿罗约说，"现在我们要离开你啦。"

和他一样用自行车送信的同事给他看了一张报纸。"这不是你的那个男孩吗?"他说，指着照片上那个坐在床上、表情严肃的大卫，在他的腿边有一束花，两边是孤儿院的孩子。德维托女士站在他的身后，是图片的主体。尽管她有着金色的卷发和清新的美貌，但她的形象还是令人觉得怪怪的，让人说不清楚。

报道的标题是："神秘疾病难倒医生"。他接着读下去："市医院儿科的医生们对拉斯马诺斯孤儿院出现的神秘疾病感到困惑。其症状包括严重的体重减轻和肌肉组织的消解。

"少年大卫的情况是，不光染上疾病，而且发现他的血型——用医生的描述是——极为罕见。尽管已向所有血库请求帮助提供匹配的血型，但是迄今为止都没有成功。

"在评论此案例时，医院儿科主任弗朗西斯科·里贝罗医生称大卫是'一个勇敢的家伙'。尽管最近受到资金削减的影响，但是他说，他和他的员工正在日夜努力寻找这种神秘疾病的病源。

"里贝罗医生否定了这种疾病是由里约塞米卢纳河里的寄生虫引发的传闻——这条河流经拉斯马诺斯孤儿院。'没有理由相信这是一种寄生虫病，'他说，'拉斯马诺斯的孩子们不用担心。'

"在采访中，拉斯马诺斯孤儿院的负责人胡里奥·法布里坎特博士说大卫'很喜欢踢足球，也是我们群体中的重要成员'。'我们特别怀念他在我们中间的日子。'他说，'我们盼望他快速康复。'"

在《埃斯特雷拉报》的报道之后，他和伊内斯被叫到里贝罗医生的办公室。"我和你们一样不高兴。"他说，"允许记者进入病房是完全违反医院政策的。我已经和德维托女士谈过这件事了。"

"我对医院的政策并不在乎。"伊内斯说，"但你告诉报纸说，大卫得了一种神秘的疾病。你为什么不告诉我们这一点？"

里贝罗医生不耐烦地说："科学中没有任何疾病是神秘的。这只是一名记者的添枝加叶。我们已经确认大卫有癫痫发作。我们尚未确定的是癫痫发作与炎症症状的关系。但我们正在努力。"

"大卫确信他会死去。"他，西蒙说。

"大卫习惯于过着一种生机勃勃的生活。现在他发现自己被束缚在床上。如果因此他感到有点沮丧，这是可以理解的。"

"你误会他了。他并不沮丧。他内心有个声音告诉他说他将要死。"

"我是一名医学博士，西蒙，我不是一个心理学家。但是，如果你警告我们说大卫有某种死亡的愿望，我会认真对待你的警告。我会和德维托女士谈谈这件事。"

"不是死亡的愿望，医生——远非如此。大卫不想死。他看到了他的死亡即将到来，这让他感到悲伤或者遗憾，我不知道他到底是悲伤还是遗憾。陷入抑郁与悲伤或遗憾是不一样的。"

"西蒙先生，我能说什么呢？大卫患有一种神经系统疾病导致癫痫发作——这是我们所诊断的。在癫痫发作期间，大脑就像是遭到短路，整个机体都会产生连锁反应。因此，如果说他感到你所谓的悲伤或遗憾，或者听到你描述的声音，那么我们不会对此感到惊讶。他可能还感受到了许多其他的感觉，这些感觉是我们的语言不能够描述的。我的工作是让他恢复正常——恢复到正常的生活。一旦他出院，在正常的环境中做正常的事情，这种声音就会消失，关于死亡的话也会消失。现在我必须回去工作了。"说着，他站了起来，"谢谢你们来看我。我再次为报纸上的糟糕文章道歉。我会认真对待你们的想法，并与德维托女士谈谈。"

第 十 七 章

一天天过去了。大卫的状况没有改善。他的药物能缓解疼痛，但是也带走了他的胃口；他看起来比以前更加憔悴，经常抱怨头疼。

一天晚上，伊内斯和他坐在男孩的病床前，这时德维托女士和德米特里推着一个轮椅进来了。"来，大卫，"年轻的老师说，"到了我们上天文课的时间了。你不兴奋吗？今天的天空非常晴朗，对我们来说正好。"

"我得先上厕所。"

他帮助孩子走到厕所，扶着他尿尿。他只尿出一条细流，因为药物的原因，尿是深黄色的。

"大卫，你确定要上这节课吗？你知道，你不必听德维托女士的。她不是医生。如果你没有心情上，你可以把课推到另一天。"

男孩摇了摇头。"我得去上课。德维托女士不相信我说的任何话。我给她讲过暗星，那些不是数字的星星，她说没有这样的东西，这些都是我编造出来的。她有一张星座图，她说任何不在她那星座图上的星星都是夸张的①。她说当我谈论星星时，我听起来也很夸张。她说这种情况必须停止。"

"必须停止什么？"

"停止夸张。"

"我不明白你为什么要停止。相反，我认为你应该像你喜欢的那样夸张。你从未跟我说过暗星。它们是什么？"

"暗星就是那些不是数字的星星。那些带数字的星星是闪耀着的。暗星想成为数字，但它们不能。它们在天空中像蚂蚁一样爬行，但你看不到它们，因为它们是黑暗的。我们现在能回去了吗？"

"等一等。这很有趣。你还告诉了老师什么，让她觉得夸张得难以置信？"

尽管很疲惫，但是当男孩讲到天体的时候，他身上散发出一种生机勃勃的光芒。"我和她讲了闪耀的星星，那些是数字的星星。我告诉她为什么它们会发光。这是因为它们在旋转。这就是它们形成音乐的方式。我还告诉她关于双星的事。我想告诉她一切，但她说我得停下来。"

"什么是双星？"

"先前，我给你讲过，但是你没有听。每颗星都有一颗孪生星。一颗星星以这种方向旋转，那孪生星就以另一个方向旋转。它们互相不能碰对方，如果碰到了，它们就

———————

① 原文为西班牙语，extravagante。

121

会消失了，除了空无以外，其他什么都不会留下，所以他们离对方都会很远，待在天空中的不同角落。"

"太有趣了！你说说，老师为什么认为你说的这些夸张？"

"她说星星是由岩石形成的，所以它们不能发光，它们只能反射光。她说，从数学的原因考虑，星星不可能是数字。如果每个星星都是一个数字的话，那么宇宙将充满石头，也就没有空间给我们了，我们甚至都不能够呼吸。"

"你对这观点说了什么？"

"她说，我们不能去星星上居住，因为那里没有食物，也没有水，星星都是没有生命的，它们只是飘浮在天空中的岩石块。"

"如果她认为星星是没有生命的岩石块，那为什么她要在晚上带你出去看星星？"

"她想告诉我关于星星的故事。她认为我是一个只能听懂故事的小孩。我们现在可以回去吗？"

他们回到房间。德米特里把男孩抬到轮椅上，然后把他推到走廊里。"来！"他的老师说道。他和伊内斯跟着她走过走廊，穿过草坪，狗也跟在后面。

太阳已经下山，星星开始出现。

"让我们从那边开始，从东方的地平线那里开始，"德维托女士说，"大卫，你看到那颗又大又红的星星了吗？那是艾拉，以古代生育女神的名字命名的。当艾拉像煤球一样发光时，这是一个降雨即将来临的迹象。你看到左边七颗明亮的星星了吗？中间是四颗小星星。你觉得它们看起来像什么？你觉得天空中是什么图案？"

男孩摇了摇头。

"那是 Urubú Mayor，雄鹰座，就是一只大秃鹫。当夜幕降临时，你看到它是如何展开翅膀的吗？你看到他的喙了吗？每个月，当月亮变暗时，这个星座就极力地把很多身边的微弱的小星座的光芒吸掉。但是当月亮再次变亮时，她会让这些星座把光芒吐出来。就是这样，月复一月，从创世之初就是如此。

"雄鹰座是夜空中十二星座中的一个。在那里，靠近地平线的星座叫 Los Gemelos，孪生星座，在那边是 El Trono 天王座，它有四只脚，还有高高的背。有些人说星座控制着我们的命运，我们进入此生的那一刻，这些星座在天空中的位置就决定了一切。比如说，如果你出生时是孪生座，那么你的生命故事将是一个寻找你的双胞胎，你命运中注定的那个他者。如果你出生在 La Pizarra，石板座，那么你人生的任务就是给予指导。我出生的星座是石板座。也许这就是为什么我成为了一名教师。"

"在我开始死亡之前，我本应该成为一名老师。"男孩说，"但是我没有出生在任何星座下。"

"我们每个人出生的时候都会有个星座标志。在任何时刻，都会有这个或那个星座在天空中做统领。空间之中可能有间隙，但在时间上是没有间隙的——这也是宇宙的法则之一。"

"我不必在宇宙中。我可以是个例外。"

德米特里一直站在轮椅后面一声不响。现在他说话了："老师，我要提醒你一下：年轻的大卫和我们不一样。他来自另一个世界，甚至可能是另一个星球。"

德维托女士笑着说："我忘记了！我忘记了！大卫是我们的客人，一位来自不可见星球的可见的访客！"

"也许天空中没有十二个星座，"男孩说，无视她的戏谑，"也许只有一个星座，只是你看不到它，因为它太大了。"

"但你可以看到它，不是吗？"德米特里说，"无论多大，你都能看到它。"

"是的，我能看到它。"

"这个星座叫什么，年轻的主人？这个庞大的星座叫什么名字？"

"它没有名字。它的名字即将到来。"

他，西蒙，偷偷地看了看伊内斯。她抿着嘴唇，不以为然地皱着眉头，但是却没有说话。

"鸟类拥有自己的天空图和自己的星座。"德维托女士说，"它们用自己的星座来导航。它们在毫无特征的海洋上飞行遥远的距离，但是它们总是知道自己在哪里。大卫，你想成为一只鸟吗？"

男孩沉默着。

"如果你有了翅膀，你将不再需要依赖双腿。你将不再受到地球的支配。你将是自由的，一个自由的存在。你不喜欢吗？"

"我觉得冷了。"男孩说。

德米特里脱下了他的工服，将它披在大卫身上。即使在昏暗的灯光下，仍然可以看到德米特里胸部和手臂长着的浓密的绒毛。

"那么数字呢，大卫？"德维托女士问道，"记得吗？有一天，当我们上数字课的时候，你在告诉我们星星是数字，但我们并不理解你，不完全理解你。我们不明白他说的，德米特里，是不是？"

"我们绞尽脑汁，但是还是不理解，他说的超越了我们的理解能力。"德米特里说。

"告诉我们，当你看着星星的时候，你看到的数字是什么。"德维托女士问道，"比如说，当你看那颗发红的星星，艾拉星，你脑海里出现的是什么号码？"

现在是他，西蒙干预的时候了。但是在他开口之前，伊内斯向前迈进了一步。"你以为我没有看透你吗，女士？"她嘶哑着声音说，"表面是一副甜美的面孔，假装很无辜，但是你一直嘲笑孩子，你和这个男人。"说着，她把德米特里的外套从男孩的肩上扯下来，猛烈地扔到一边，"你们太无耻了！"她推着轮椅上的大卫，怒气冲冲地穿过颠簸不平的草坪，玻利瓦尔跟在旁边。在月光下，他瞥到了一眼男孩。他的眼睛闭着，表情很放松，嘴唇上有一丝满足的微笑。他看起来像母亲乳房边的婴儿一样。

他应该跟着他们，但他无法抗拒自己脾气的爆发。"女士，你为什么要嘲笑他？"他质问道，"你也是，德米特里。为什么叫他年轻的主人并在他身后大喊着荣耀？你觉得嘲笑孩子很有趣吗？你还是人吗？"

德米特里回应道："啊，你误会我了，西蒙！我为什么要嘲笑年轻的大卫，当只有他有力量来帮助我摆脱这个地狱一样的洞穴？我称他为主人，因为他是我的主人，因为我是他卑微的仆人。就是这么简单。那你自己呢？难道他不是你的主人吗？难道你就不是在自己的地狱之洞里，哭泣着想被拯救出来吗？或者你已经决定闭上嘴，在这个被上帝遗弃的小镇上骑着你的那辆自行车，直到有一天，你可以拿着自己的良民证和功勋奖章，退休进入老人之家？西蒙，过着一种不被指责的生活并不能拯救你！你所需要的，我所需要的，还有埃斯特雷拉所需要的，是有一个人出现，用新的观念震撼我们。你觉得不是这样吗，我亲爱的？"

"他说的确实如此，西蒙。"德维托女士说道。她把德米特里那件被伊内斯扔掉的外套捡起来。（"把它穿上吧，亲爱的，你会着凉的！"）"我敢发誓，在这个世界上，他是大卫最忠实的追随者。他全心全意地爱他。"

她似乎是很认真的，但他为什么要相信她？她可能会说德米特里的心属于大卫，但他自己的心却告诉他德米特里是个骗子。哪个心值得信赖：凶手德米特里的心？还是那个无聊的西蒙，Simón el lerdo 的心？谁能说得清楚呢？一句话也没说，他转身走开，跌跌撞撞地向亮光处的医院走去。伊内斯已经把大卫推回到床上，用她的双手捂着大卫冰冷的脚。

"请确保那位女士不要与大卫再有任何接触，"她命令道，"否则我们就要把他从医院里带走了。"

"你为什么说她在嘲笑我？"男孩问道，"我没有看到她笑。"

"不，你不会看到的。他们是在背后嘲笑你，他们两个。"

"但是为什么啊？"

"为什么？为什么？孩子，别问我为什么！因为你说着奇怪的事情！因为他们很傻！"

"你们现在可以带我回家了。"

"你是在告诉我你想回家吗？"

"是的。玻利瓦尔也是。玻利瓦尔不喜欢这里。"

"那我们马上就走。西蒙，把他裹在毯子里。"

然而，出去的时候，他们被德维托女士拦住了，她身边还有德米特里。"发生什么事了？"她皱着眉头问。

"西蒙和伊内斯正要把我带走。"大卫说，"他们会让我死在家里。"

"你是这里的病人。除非医生签字允许，否则你是不能离开的。"

"那就叫一个医生来！"伊内斯说，"立刻叫！"

"我会打电话给值班医生。但是，我警告你：只有医生，他本人来决定大卫是否可以离开。"

"你确定要离开我们吗，年轻人？"德米特里说，"如果没有你，我们将会非常悲凉。你为这个无趣的地方带来生命。想想你的朋友们。当他们明天来的时候，本来期待着看到你，期待着坐在你的身旁，但是那个时候，你的房间是空的，你走了。我该对他们说什么？年轻的主人已经逃走了？年轻的主人已经抛弃了你们？他们的心会碎掉的。"

"他们可以来我们的公寓。"男孩说。

"那我呢？老德米特里怎么样？伊内斯女士精致的公寓会欢迎德米特里吗？还有这个人，你的老师——她会受到欢迎吗？"

德维托女士回来了，身边跟着一个看着很烦躁的年轻人。

"这就是那个男孩，"德维托女士说，"那个得了所谓的神秘疾病的病人。这两位是伊内斯和西蒙。"

"你们是父母？"年轻的医生问。

"不是，"他，西蒙说，"我们是——"

"是的，"伊内斯说，"我们是他的父母。"

"谁负责这个病人？"

"里贝罗医生。"德维托女士说。

"我很抱歉，除非有里贝罗医生的授权，否则我不能签字让他出院。"

伊内斯上前说道："我将自己的孩子带回家，不需要任何人授权。"

"我没得什么神秘疾病，"男孩说，"我是第一百号。一百号并不是什么神秘数字。第一百是一个必须死的数字。"

医生懊恼地看着他。"数字统计不是这样运作的，年轻人。你不会死的。这是一家医院。我们这里不会让孩子死去。"他转向伊内斯说道，"您可以明天回来和里贝罗医生谈谈。我会给他留个便条。"他转向德米特里说，"请把我们这位年轻朋友送回病房吧。这只狗在这里做什么？你知道这里是不允许带动物来的。"

伊内斯不愿意再争辩。她推开了医生，抓着轮椅的把手继续向前走。

德米特里挡住了她。"母亲的爱，"他说，"能看到这种爱是一种荣幸，它让人感动。真的。但是我们不能让你把我们年轻的主人带走。"

当他伸出手推轮椅的时候，玻利瓦尔发出低沉的咆哮声。德米特里把他的手退回来，但是身体仍然阻挡着伊内斯。狗再次咆哮，声音低沉。它的耳朵横着，上唇向后拉，露出长而黄的牙齿。

"别挡路，德米特里。"他，西蒙说。

狗向德米特里迈出了第一步。德米特里坚持自己的立场不动。

"玻利瓦尔，停下！"男孩命令道。

狗不动了，但它的眼睛仍然牢牢地盯在德米特里身上。

"德米特里，让路！"男孩说。

德米特里让路了。

那位年轻的医生问德米特里："是谁让这种危险的动物进入了这个场所的？是你吗？"

"它不是一个危险的动物，"男孩说，"他是我的监护人。他守护着我。"

没有人阻挡，他们就这样离开了医院。他，西蒙，把孩子抬到伊内斯开的汽车的后座上；狗跳进来；他们把轮椅扔到了停车场上。

他转向伊内斯说："伊内斯，你真棒。"这是事实：她以前从来没有过这样坚定、强势和威严。

"玻利瓦尔也很棒，"男孩说，"玻利瓦尔是狗世界中的王者。我们将再次成为一家人吗？"

"是的，"他，西蒙说，"我们将再次成为一家人。"

第 十 八 章

　　那天晚上的半夜时分，新一轮的癫痫又开始了，一次接着一次，几乎没有任何停顿。实在没办法，他，西蒙，开车去医院，请求夜班的护士把男孩的药给他。护士拒绝了。"你行事的方式等于是犯罪，"她说，"你们就不应该被允许把孩子带走。你根本不知道他的病情有多严重。给我你们的住址。我马上派一辆救护车去把他接回来。"

　　两个小时后，男孩又回到医院的床上，服药之后，在药物作用之下沉沉地睡着了。

　　当有人告知他夜间发生的事情时，里贝罗医生很愤怒，冷冷地说："我可以禁止你们进医院。"他说，"即使你们是孩子的父母（事实上你们不是），我可以禁止你们和那只野蛮的狗进来。你们到底算是什么样的人？"

　　他和伊内斯站着没说话。

　　"请现在离开。"里贝罗医生说，"回家去。当孩子再次稳定时，工作人员会给你们打电话。"

　　"他吃不下去饭，"伊内斯说，"他瘦得只剩下骨架了。"

　　"我们会想办法的，不要担心。"

"他说他不饿。他说他不再需要食物了。我不知道他到底怎么了。这让我很害怕。"

"我们会想办法的。你们现在回家吧。"

第二天，伊内斯接到了丽塔修女的电话。"大卫要找你。"丽塔修女说，"他要找你和你的丈夫。里贝罗医生同意让你们来探访，但是只能待一会儿。狗不可以来。狗禁止进入医院。"

即使只过了两天，大卫的变化也很惊人。他似乎缩小了，好像又变回成了一个六岁的孩子。他的脸色苍白憔悴。他的嘴唇动着，但是说不出一个字。他的表情里带着一种无助的恳求。

"玻利瓦尔。"他用沙哑的声音说道。

"玻利瓦尔在家。"他，西蒙回应道，"它在休息。它正在恢复体力。它很快就会来见你。"

"我的书。"男孩接着用沙哑的声音说。

他去找丽塔修女。"他要他的那本堂吉诃德的书。我已经找过了，但我没有在任何地方找到它。"

"我现在很忙。过会儿我会帮他找找。"丽塔修女说。她的语气有了一种新的冷淡。

"我很抱歉昨晚发生的事情，"他说，"我们没想清楚。"

"抱歉没有用，"丽塔修女说，"别碍事更重要。让我们做我们的工作。要明白我们正在尽一切可能救治大卫。"

"你和我，我们在这里似乎不被欢迎。"他告诉伊内斯，"你为什么不回到商店呢？我可以继续待在这里。"

他试图在食堂买份三明治，但被拒绝了。（"对不起，只卖给员工。"）

当大卫的那些忠实的年轻朋友下午来看他时，他们被丽塔修女拒之门外。"大卫太累了，不能见访客。明天再来吧。"

在一天结束的时候，他在路上挡住了丽塔修女。"你找到了那本书吗？"她用一种不理解的眼神看着他。"《堂吉诃德》。大卫的书。你找到了吗？"

"等我有空的时候，我会去找这本书。"她说。

他在走廊里闲逛，肚子饥肠辘辘。孩子吃过药，晚上进入了稳定的状态，他悄悄地溜进来，坐在扶手椅上，睡着了。

他被连续的低语声吵醒："西蒙！西蒙！"

他立刻惊醒了。

"我又记起另一首歌，西蒙，只是我不能唱歌，我的喉咙太疼了。"

他帮助男孩，让他喝了点水。

"那红色的药丸让我犯困。"他说，"我必须吃那种药吗？就像有蜜蜂在我脑海里嗡嗡作响，吱吱吱—吱吱吱—吱吱吱。西蒙，下辈子我会有性经验吗？"

"你这辈子就会有性经验，当你年纪大了就可以了。在下辈子，以后任何辈子，你都会有性经验——我可以向你保证。"

"当我小的时候，我不知道性交是什么，但现在我知道了。西蒙，血液会在什么时候来？"

"新的血液？可能是今天，或者最迟在明天。"

"那很好。你知道德米特里说什么吗？他说，当他们把新的血液注入我的身体，我的病就会好了，我会带着我的荣耀站起来。我的荣耀是什么？"

"荣耀是一种光芒，非常强壮和健康的人，比如像运动员和舞蹈者会散发出那种光芒。足球运动员也是。"

"但是，西蒙，你为什么要把我藏在柜子里？"

"我什么时候把你藏在柜子里了？我不记得自己做过这样的事。"

"是的，你做过！当我还小的时候，有些人在晚上来，你就把我锁在柜子里，然后告诉他们你们没有孩子。你不记得了吗？"

"啊，我现在记得了！那些夜间来访的人是人口普查员。我把你藏在柜子里，这样他们就不会把你变成一个号码，然后把你放在他们的人口普查名单上。"

"你不想让我给他们传递信息。"

"不是这样的。我把你藏起来是为了你本人好，避免让你受人口普查影响。你要给他们带什么信息？"

"我的信息，西蒙，'aquí'① 这个词用另一种语言怎么说？"

"我不知道，我的孩子，我不擅长语言。我之前告诉过你：aquí 就是 aquí。无论你用什么语言说都是一样的。

---

① 西班牙语，这里。

134

这里就是这里。"

"但你怎么换一个词解释 aquí 呢?"

"我不知道还有任何其他可以换的词汇来解释它。每个人都明白'这里'的位置。你为什么要别的词汇呢?"

"我想知道我为什么在这里。"

"你在这里为我们的生活带来光明,我的孩子,让伊内斯的生活,我的生活,以及所有遇见你的人的生活都充满光明。"

"还有玻利瓦尔的生活。"

"是的,还有玻利瓦尔的生活。这就是你在这里的原因。原因就是如此简单。"

男孩似乎没听见他说的话。他的眼睛闭着,好像是在听一个来自遥远地方的声音。

"西蒙,我在向下沉。"他低声说。

"你没有向下沉。我在抱着你。你只是头晕。一会儿就好了。"

男孩慢慢地回过神来。

"西蒙,"他说,"有一个梦,总是同一个梦。我一直在做这个梦。我在一个柜子里面,我不能呼吸,我出不去。这梦就是不消失。它一直在那里等着我。"

"我很抱歉。我发自内心地抱歉。我从没有意识到将你隐藏起来不让那些人看见,会给你留下如此糟糕的记忆。如果找些可能让你感到安慰的例子的话,阿罗约先生也将他的儿子华金和达米安藏了起来,以防止他们被转换成数字。如果我没有把你藏在柜子里,你想给人口普查员说的信息是什么?"

男孩慢慢摇了摇头。"现在还不是时候。"

"还没到该说信息的时候? 现在还不是时候让我知道这信息是什么吗? 你的意思是什么呢? 什么时候是能让我知道这些信息的时候呢?"

男孩沉默不语。

丽塔修女一来当班,就把西蒙从大卫的病房中撵了出去:"难道你没有听到里贝罗医生说的吗,先生? 你对这个男孩不起好作用! 回家吧! 别再干扰他!"

他乘坐公共汽车回到城里,吃了一顿丰盛的早餐,然后顺便去了一下伊内斯的摩登时装。他们两个坐在商店后面的办公室里。"我和大卫待了一夜,"他说,"他比以往任何时候都更糟糕。药物正在夺去他的力量。他想唱歌给我听——他有一首新歌——但是他做不到,因为他太虚弱了。他一直在谈论血液,要输给他的血液将通过火车运送来拯救他。他所有的希望都寄托在那上面。"

"你打算怎么办?"伊内斯说。

"我不知道,亲爱的,我不知道。我非常绝望。"

亲爱的。Querida。他以前从来没有这样称呼过她。

"我今天下午要去看一个新的医生,"她说,"不是医院里的医生。是独立行医的人。伊诺森西娅推荐的他。她说她邻居有个孩子,正规的医生治不好,让他治好了。我希望他能去医院给大卫看看。我对那位里贝罗医生没有任何信心了。"

"你想让我跟你一起去吗?"

"不用了,你去了会让事情更复杂。"

"这就是我做的事情:让事情更复杂?"

她沉默了。

"好吧。"他说,"我希望这位独立行医医生是一位真正的医生,有真正的资质,否则他们不会允许他接近大卫的。"

伊内斯站了起来。"你为什么要这么消极,西蒙?真正重要的是什么?是大卫被治愈,还是我们遵守他们医院的规章制度?"

他低下头,离开了。

第 十 九 章

　　因为医院有自己的标准来确定在紧急情况下应该联系谁，所以当大卫的心跳变得不规律、呼吸困难，医生开始为最坏的情况做准备时，西蒙和伊内斯并没有被通知来到大卫的床边。相反，电话打到了孤儿院法布里坎特博士的办公室，然后从那里被转到医务室的路易莎修女那里。路易莎修女当时正忙着照看一个长癣的男孩；等她到达医院时，大卫已经被宣布死亡，死因尚未确定；除去得到授权的人士，其他人员不得进入，应等待另行通知——门上贴着这些字样。

　　路易莎修女被要求签署一份声明，承担丧葬安排的责任。在她咨询自己的上司法布里坎特博士之前，她谨慎地拒绝这样做。

　　当他，西蒙，在下午到达时，他在门上看到的是同样的字样："不得进入，应等待另行通知"。他试着推了一下把手，但门被锁上了。他到问讯处询问：我的儿子在哪里？坐在桌边的女士假装不知道。他应该被挪走了：这就是她准备好的要说的全部内容。

　　他走回到病房，不断地踢门，直到门锁被破坏。床是空的，房间空无一人，空气中有消毒剂的味道。

"他不在这里，"他身后传来德米特里的声音，"更重要的是，你必须花钱修好这损坏的门锁。"

"他在哪儿？"

"你想看他吗？我来带你去看。"

德米特里带着他沿着一段台阶向下走到地下室，穿过一个塞满杂乱纸箱和废弃设备的走廊。德米特里从腰上的钥匙环中挑出一把钥匙，打开了一个门上标着 N-5 的房间。大卫赤裸着躺在一个铺着垫子的桌子上，就是那种用于熨烫衣物的桌子。他的头上方是那串节日彩灯，交替闪烁着红色和蓝色的光芒，他的脚下是一簇百合花。对于死者而言，消瘦的四肢，肿胀的关节，看起来倒不像在生者身上那么怪诞。

"我把灯带来的，"德米特里说，"这似乎很合适。鲜花是孤儿院送来的。"

他肺里的空气好像被吸走了。他想，这是一场表演，但他可以感受到思维背后隐藏的恐慌。他想，如果我假装它真的是场演出，那么这演出就有结束的时候，然后大卫会坐起来微笑，一切都会像以前一样。但最为首要的，他想，不能让伊内斯听到这消息，伊内斯必须受到保护，否则她就会被毁灭，会被毁灭的！

"把灯拿走吧。"他说。

德米特里没有动。

"这是怎么发生的？"他问到。房间里没有空气，他几乎听不到自己的声音。

"如你所见，他已经离世了，"德米特里说，"他身上的器官再也承受不住了，可怜的孩子。但从更深层次的意义上说，他并没有离开。在更深层次的意义上，他仍然和我们在一起。这就是我的信念。我相信你也有同感。"

"你不用试图告诉我如何理解我孩子的事。"他低声说。

"不是你的孩子，西蒙。他属于我们所有人。"

"走开。让我单独和他待会儿。"

"我不能这样做，西蒙。我必须锁门。这是规定。但是慢慢来。和他道别吧。我会等着的。"

他强迫自己看着尸体：那消瘦的四肢，肤色已经变蓝，那松弛的、空空的双手，还有那干瘪的，从未使用过的性器官，他的脸紧绷着，好像在集中精力想着什么。他摸了摸他的脸颊，不是一般的凉。他用嘴唇亲吻他的额头。在此之后，不知不觉不知为什么，他发现自己四肢伏地跪在地板上。

他在想，让这一切都结束吧。让我醒过来，让事情结束。或者让我永远不要醒来。

"慢慢来，"德米特里说，"我知道，这很难。"

他从大堂打电话到摩登时装。伊诺森西娅接了电话。他说话的声音都不像是他自己的，他必须努力让自己说的话被人听清。"我是西蒙，"他说，"告诉伊内斯来医院。告诉她立刻来。说我会在停车场等她。"

从他脸上的表情，以及他的姿态上，伊内斯马上就知道发生了什么。"不！"她哭着说，"不，不，不！你为什么不告诉我？"

"保持冷静，伊内斯。要坚强。把你的胳膊给我。让我们一起面对这一切。"

德米特里在走廊里徘徊着，并留意着他们。"我很难过。"他喃喃道。伊内斯没有回应他。"跟我来。"德米特里说道，并且往前走得很快。

彩色灯还没有被清除。伊内斯将它们扫到了地板上，还有百合花。有一个掉下去的灯泡爆裂了。她试图把死去的孩子抱在怀里；他的头倾斜向一边。

"我会在外面等。"德米特里说，"我让你们两个自己在这里不被打扰地哀悼。"

"这是怎么发生的？"伊内斯说，"你为什么不打电话给我？"

"他们也没有告诉我。他们不让我们两个人知道。请相信我，我一知道就给你打了电话。"

"所以他是一个人死去的？"伊内斯说，她将皱巴巴的身体放回到桌子上，将他的双脚摆在一起，让柔软的双手叠放着，"他是一个人孤零零地死去的？那时你在哪里？"

他在哪儿？他不忍心想。在孩子放弃魂灵的那一刻，他是不是缺席的，正深陷睡眠之中，没有在旁边？

"我曾要求与里贝罗医生交流，但是发现他不在，"他说，"没人在。他们不希望面对我们。他们都躲着，等待着我们离开。"

从地下室走上来的时候，他看到德维托女士的身影。他怒从心起，追了上去。"女士！"他喊道，"我可以跟你说句话吗？"

她似乎没有听到。直到他抓住了她的胳膊，她才皱着眉头转向他："嗯？有什么事？"

"我不知道你是不是知道，女士，我的儿子今天早上去世了。他的母亲和我在他最后的时刻没有和他在一起。他自己一个人孤零零地死去。为什么我们不在那里，你可能会问？因为没有人告诉我们。"

"是吗？给他的家人打电话这事不是我负责的。"

"不，这不是你负责的。你没有什么责任。你的朋友德米特里把这个可怜的孩子锁起来，不让我们看见，这也不是你的责任。但是，有一个晚上，你把他带到寒冷的户外去上什么天文课。为什么？为什么你觉得你有责任教一个生病的孩子那些愚蠢的星星的名字？"

"冷静一下，先生！大卫的死亡不是因为夜间的一阵冷风。恰恰相反，你和你的妻子，强力把他带走不让我们照顾，这违背了他的意志和所有的建议。你认为谁应该为后面的事情负责？"

"违背他的意志？大卫拼命地想离开你的控制，他想回家。"

"坐下，先生。听我说。现在是时候让你听到真相了，虽然这真相可能是令人不愉快的。我了解大卫。我是他的老师，也是他的朋友。他信任我。我们在一起度过了

142

很长时间，他也向我倾诉了他的内心。大卫是一个内心充满冲突的孩子。他并不想要回到你们所说的他的家。相反，他想摆脱你和你的妻子自己生活。他抱怨说你在特别压抑他，你不让他成长为他想成为的那个人。如果他没有这么说，那是因为他不愿意伤到你。如果所有这些内心的冲突开始在物理层面表现出来，我们是否应该感到惊讶呢？不用惊讶的。在痛苦和扭曲中，他的身体正在表达出他所面临的困境，那种让他难以忍受的困境。"

"胡说些什么！你从来都不是大卫的朋友！他忍受你的课程只因为他被困在床上，无法逃脱。至于你对他的疾病的诊断，简直太可笑了。"

"这不仅仅是我的诊断。根据我的建议，大卫与一位精神病专家进行了多次交流，如果他的病情没有恶化，还会有更多的交流。那位专家完全支持我对大卫的理解。至于天文学，我的工作是保持孩子们对知识的兴趣。大卫和我经常交流有关星星的想法，还有彗星等等。"

"交流想法！你嘲笑他讲的关于星星的故事。你说那些是夸张的。你告诉他星星与数字无关，它们只是飘浮在太空中的岩石块。你到底是什么样的老师，会这样摧毁孩子的幻想？"

"星星确实是岩石块。先生。与此相反，数字是人类的发明。数字与星星无关。一点关系都没有。我们凭空创造了数字，以便我们可以在计算中使用它们。但所有这一切都离题了。大卫给我讲了他的故事，我也给他讲了我的故事。他的故事，特别是在音乐专校学的故事，让我感觉

143

就是抽象的和没有活力的。我给他讲的故事更适合儿童的想象力。

"西蒙先生，你在经历一段难熬的时间。我可以看出你很沮丧。我也非常难过。孩子的死是一件可怕的事。等我们能控制自己的心情时，再进行这种谈话吧。"

"不，相反，女士，让我们现在，在无法控制我们的心情时，完成这次谈话。大卫知道他快死了。他相信在死后他会转变成天上的星星，这让他感到安慰。为什么要让他的幻想破灭？为什么要告诉他说他的信仰是夸张的？你不相信有来生吗？"

"我相信。我确实相信。但是那种来生将存在于地球之上，而不是在那些没有生命的星体之上。我们会死，我们所有的人，然后会分解，并成为新一代生命崛起的物质材料。在此生之后会有来生，但我，我称之为我的那个人，将不会在这里重生。你也不会。大卫也不会。现在请让我过去。"

第 二 十 章

还有尸体的问题，医院称之为 los restos fisicos ，身体遗骸。拉斯马诺斯的孤儿院被记录为大卫的居住地，孤儿院的院长是他的监护人，因此由法布里坎特博士决定如何处理大卫的尸体。在法布里坎特博士对此做出决定之前，尸体由医院保管，并将存放在闲人不可以进入的冷藏空间。这些是他从前台那位女士那里听到的。

"我熟悉你所谓的冷藏空间，"他告诉她，"那实际上是地下室的一个房间。我自己去过那里，我被一个工友领进去的。女士，我不是闲人。在过去的四年里，我和我的妻子照顾大卫。我们给他穿衣喂饭，关注他的福祉。我们爱他并且珍惜他。我们所要求的就是今晚能守望着他。请帮帮忙！我们要求的并不是很多。你想让这个可怜的孩子独自度过他死亡后的第一个晚上吗？不要！这种想法让人难以忍受。"

前台的那位女士——他不知道她的名字——与他的年龄相仿。他们过去打交道还算融洽。他并不羡慕她的工作，每天要应对心烦意乱的父母，坚守医院的规则。他这样请求她，心里并不觉得很光荣。

"拜托，"他说，"我们不会让人看见的。"

"我会和我的上司商量，"她说，"如果上一次是德米特里让你们进去的，他不应该这样做。他可能会遇到麻烦。"

"我不希望任何人遇到麻烦。我的要求是完全合理的。我相信你有孩子。你不会那样对你自己的孩子——让可怜的孩子单独度过死后的第一夜。"

排在队列后面的是一名年轻女子，后背背着一个婴儿。他转向她。"您会这样做吗，女士？不，当然您不会。"

年轻的母亲尴尬地看着别处。他现在很不顾脸面，他知道这一点，但是今天不是一个普通的日子。

"我会和我的上司说。"前台的女士重复着这句话。他曾感觉她喜欢他，但也许他错了。她的表现没有任何友好之处。她希望他离开：这就是她全部在乎的。

"你什么时候和你的上司说？"

"当我有机会的时候。等我照应完这些人。"

一小时后他回来了，排在队尾。

"上司的决定是什么？"轮到他时，他问道，"关于大卫的问题。"

"我很抱歉，您没能被允许。有些理由是我不能说的，但它们涉及死因。我只想说，我们必须遵守一些规则。"

"他的死因，你这么说是什么意思？"

"死因尚未确定。在确定死因之前，我们必须遵守规则。"

"这些规则就没有例外吗，即使对于一个处于生命中最糟糕一天的小男孩也是如此?"

"这是一家医院，先生。这是这里每天都发生的事情，我们会为此感到悲伤，但你的孩子不是例外。"

在大卫的最后日子里，混乱之中，玻利瓦尔一直被留在伊内斯自己的公寓里，没人照顾，只是偶尔地喂一下。那天晚上，当他和伊内斯从医院回来时，狗已经不在了。

由于门没有上锁，他们的第一个猜测是玻利瓦尔一直在嚎叫，一个邻居被叫烦了，放他出去了。他到外面找了一圈也没有找到它。猜测着狗可能试图自己去找大卫，他借了伊内斯的车，开车回到医院。但是没有人见过它。

他第二天早起第一件事就是给拉斯马诺斯打电话，告诉了法布里坎特的秘书。"如果一只大狗出现在孤儿院，请告诉我，好吗?"他说。

"我不是一个爱狗之人。"秘书说。

"我不是要求你去爱狗，只是请您如果看到了它告诉我一下，"他说，"你当然可以做到这一点。"

伊内斯非常不满意。"如果你把门锁着，就不会发生这事儿了。"她说，"这只是一个例子。"

"如果这是我做的最后一件事，我会找到它并把它带回来。"他保证道。

我会把他带回来。他想到，他没能把男孩带回来。

在供给站的小型印刷机上，他打印了五百份传单：**走**

失。**大狗一条，黄褐色的毛，带着皮制的狗绳和一个写着玻利瓦尔的牌子。找到并归还者必有重谢**。他不仅把传单贴在了他所在的城市区域，也将其贴到了其他自行车信使负责的区域；他还把传单贴在电线杆上。一整天他都在忙碌着；一整天，他尽全力不让心中已经撕开的那个裂口撕裂得更大。

很快，电话就开始响起来了。整个城市，到处都有人看到一只黄褐色的大狗；关于要找的那条狗是否佩戴了一个玻利瓦尔的牌子，没有人可以说清楚，原因要么是狗跑得太快看不清楚，要么是过于凶猛，让人无法靠近。

他记录了每个来电者的姓名和地址。到一天结束之际，他已经有了三十个名字，都不知道接下来该做什么。如果所有的来电者都在说实话，那么只能说玻利瓦尔几乎在同一时间出现在城市广袤区域的不同地方。另一种可能则是，这些电话中有一些是恶作剧，或者说这个城市里有好几条黄褐色的大狗。无论原因是哪一个，他都不知道有什么更好的主意找到玻利瓦尔，真正的玻利瓦尔。

"玻利瓦尔是一只聪明的动物。"他告诉伊内斯，"如果它想回到我们身边，它会找回自己的方式。"

"如果它受伤怎么办？"她回答说，"如果它被车撞了怎么办？如果它死了怎么办？"

"明天一早我会先去救助站，找一份兽医名单。我将逐一拜访他们，并留下我的传单。不管用什么方法，我会帮你找回玻利瓦尔。"

"关于大卫，你也说过同样的话。"伊内斯说。

148

"伊内斯，我如果可以代替他去死，我会毫不犹豫地去做。"

"我们应该把他带到诺维拉，在那里的医院设施要好得多。但里贝罗医生不断做出承诺，我们一直相信他。我责备自己，我真的很自责。"

"要怪我，伊内斯，要怪我！是我相信了那些承诺。我是个容易上当的人，不是你。"

他可以用同样的方式说出更多，但随后他感到自己说得有多么像德米特里，不禁感到羞耻并闭嘴。怪我，惩罚我！多么可鄙！他需要的是一个狠狠的耳光。长大吧，西蒙！像个男人一样！

第二天又有六个电话说看到了玻利瓦尔——真正的玻利瓦尔，或幽灵的玻利瓦尔，天知道！之后就不再有电话了。伊内斯回到摩登时装的日常生活中，他恢复了骑着自行车工作。有时，在某一个晚上，伊内斯会邀请他来吃饭；但在大多数情况下，他们都是分开的，伤心着，悲痛着。

他到兽医诊所走的一圈取得了一次成功。一名护士带他进入饲养动物的院子里。"那是你要找的狗吗？"她指着一只笼子问道，那里面是一条巨大的黄褐色的狗，来回徘徊着，"它没带名牌，但它可能带过，不过丢失了。"

这条狗不是玻利瓦尔。它比玻利瓦尔小很多岁。但它有玻利瓦尔的眼睛和玻利瓦尔的那种无言的威慑。

"不是，这不是玻利瓦尔，"他说，"它的故事是什么样的？"

"上星期一个男人把它带来。说它的名字是巴勃罗。他的妻子最近刚刚生产，怕巴勃罗在她不注意的时候伤害孩子。我相信你是知道的，狗会嫉妒。他试图把它送走，但是他周围没有人想要这条狗。"

他站在巴勃罗面前，查看着这条没有人想要的狗。有那么一会儿，狗用黄色的眼睛扫过他，一股颤意顺着他的脊椎穿下去。然后它的眼睛又滑走，它的凝视再次变得空洞。

"巴勃罗的未来会如何？"他问。

"如果一条狗是健康的，我们不喜欢放倒它。所以我们会尽可能地留着他。但是你不能让一个像这样的英俊的家伙无限期地被锁在笼子里。这太残酷了。"她审视地看了一下他，"你怎么看？"

"我不知道我怎么看。死亡是否有可能比生存更好，即使这种生存是被关在笼子里的？也许我们应该问问巴勃罗自己的想法。"

"我的意思是：你怎么看待收养它的这个想法，你是否想给他一个家？"

他怎么想？他认为伊内斯会感到愤怒。今天你带回家一条流浪狗，明天你会带回家一个流浪的孩子。

"我会看看我妻子怎么说。"他说，"如果她愿意收养，我会回来的。但我担心她不会同意。她非常依恋我们的玻利瓦尔。她仍然希望它能回来。如果它回来了，发现一个陌生的狗睡在它的地盘上，它会杀了它。就这么简单。杀或被杀。但让我们看看。也许我是错了。再见，谢谢。再见，巴勃罗。"

他向伊内斯请求收养巴勃罗。"我们对狗有多少了解？"他说，"人类死去了，然后在一个新世界中醒来，成为新的自我。也许狗死了，他们会一次又一次地在同一个世界，在这个世界中醒来。也许那是狗的命运。也许这就是成为一只狗所意味的。你不觉得奇怪吗？命运带领我走到关着狗的笼子那里，而那条狗很像玻利瓦尔，或是十年前的玻利瓦尔。你至少可以去看看。你可以立刻判断出它是玻利瓦尔的再生，还是只是另一只狗。"

伊内斯不为所动。"玻利瓦尔并没有死。"她说，"我们忽略了它，我们忘了喂它，它觉得被遗弃了，它离开了我们。它正在城里的某个地方闲逛，在垃圾桶里吃东西。"

"如果你不给巴勃罗一个家，我可能会不得不自己收留他。"他说，"我不能让它被放倒。这太不公平了。"

"按你自己的意愿来，"伊内斯说，"但它会成为你的狗，而不是我的狗。"

他回到了兽医诊所。"我决定接走巴勃罗。"他宣布说。

"我恐怕你来晚了一步，"护士说，"昨天在你走了之后不久，一对夫妇来了，毫不犹豫地收养了它。他们说，这正是他们所寻找的狗。他们在城市的郊区经营着一个家禽养殖场。他们需要一只能让捕食者离远点的狗。"

"你能告诉我他们的地址吗？"

"很抱歉，我不被允许这样做。"

"那么，你是否可以让这对农场夫妇知道，如果收养不成功，如果由于某种原因巴勃罗不是他们要寻找的那种狗，还有人愿意给这条狗提供一个家？"

"好的，我会那样做的。"

有一些疯狂的东西——他可以清楚地看到这一点——发生在他寻找玻利瓦尔这件事情上。难怪伊内斯对他很无礼。他们儿子的尸首还没有安置——事实上，似乎没有人能够直接告诉他们，大卫的尸体怎么安置了——而他在这里满城地寻找一只走失的狗。他到底怎么了？

他买了一罐油漆，找到那些他所能记得的贴了寻狗启事的墙壁和灯柱，把那张传单涂黑了。放弃吧，他告诉自己。狗走了。

他不能声称曾爱过玻利瓦尔。他甚至都不喜欢它。但是，对于玻利瓦尔来说，爱从来都不是一种合适的感觉。玻利瓦尔要的是一些完全不同的东西：它不希望被打扰。他，西蒙，尊重这种需求。作为回报，这只狗也不打扰他的存在，也许它也不打扰伊内斯的存在。

但是大卫则是一个不同的故事。从某种意义上来说，玻利瓦尔是一只普通的狗，也许被过度放纵，也许，在它晚年有点贪吃，也许还是一只经常睡觉的狗，用某种算法可以说它睡走了它的生命。但在另一种意义上，玻利瓦尔从未睡过，有大卫在身边的时候它从不睡觉，或者说，如果它睡着，它的一只眼睛会睁着，一只耳朵翘起，保护着他，不让他受到伤害。如果说玻利瓦尔有一位领主或者主人，大卫就是这个领主或主人。

直到最后。直到最后它无法拯救它的主人受到的巨大伤害。这可能是玻利瓦尔消失的深层原因：无论它的主人在哪里，它都要去寻找他——找到他并把他带回来？

狗是不懂死亡的，它们不明白生命是如何停止的。但也许它们不理解死亡的原因（更深层次的原因）是因为他们不理解理解的概念。我玻利瓦尔在雨水洒落的城市的一个排水沟里呼吸着我的最后一口气，而就在同样的时刻，我巴勃罗发现自己在一个陌生人后院的铁丝笼里。在这其中，有什么是需要被理解的？

他，西蒙，正在学习。之前他与一个孩子一起去上学，现在他和一条狗一起去上学。学习的一生。他应该感恩。

他再次去了救助站。这次他要求提供一份家禽养殖场清单。救助站没有这样的清单。去市场问问吧，那里的工作人员建议他，四处询问。他去了市场，四处问了问。一点点地问出了头绪；很快他就站在城市上方的山谷里，一个镀锌铁棚的门口。他喊道："你好！有人在吗？"

一名年轻女子出现，穿着橡胶靴，身上都是氨水味。

"您好，我很抱歉打扰您，"他说，"但你最近从兽医朱尔医生那里带走了一条狗吗？"

年轻女子轻松地吹了一个口哨，一只狗出现了。是巴勃罗。

"在这只狗被关在朱尔医生的后院时，我看到它就非常想收养它，但当我和我妻子商量的时候，它已经走了。我不知道你支付了多少，但是我可以为它出一百个雷埃尔。"

那个年轻女人摇了摇头。"巴勃罗就是我们这里所需要的。它不卖。"

他想给她讲讲玻利瓦尔——讲玻利瓦尔在他的生活中、在伊内斯的生活中，还有在孩子生活中的位置，讲狗和男孩都离去后生活中出现的大型缺口，讲他所想象的玻利瓦尔横尸在城市中穷街陋巷的场景，还有玻利瓦尔在巴勃罗身上再生——但后来他还是决定不讲了，因为这实在是太复杂了。"让我留下我的电话号码，"他说，"我的出价一直有效。一百个雷埃尔，或者两百个，不管要多少钱，都可以。再见，巴勃罗。"他伸出手摸了摸狗的头。狗把耳横过去，喉咙发出低吼。"再见，女士。"

第二十一章

他和伊内斯默默地坐着，面前是吃剩下的饭菜。

"你和我，我们就这样度过余生吗？"最后他说道，"在这个我们从来不觉得有家的城市里哀悼着我们失去的孩子，一天天老去？"

伊内斯没有回应。

"伊内斯，我可以告诉你大卫在去世前不久和我说的话吗？他说他认为他离开后，你和我会一起生孩子。我不知道该如何回复。最后我对他说，你和我没有那种关系。但是你有没有想过收养一个孩子——比如孤儿院里的孩子？或者收养几个？你有没有考虑过我们两个人从头重新开始，像常人那样养育一个家庭？"

伊内斯回应给他一个冷冷的、敌对的表情。为什么？他的提议就那么可鄙？

他和伊内斯在一起已经四年了，足够长的时间让他们见过对方最糟糕的状态，最好的状态。就任何一方而言，都非常熟悉对方。

"回答我，伊内斯。别等着为时已晚，我们为什么不现在就从头开始呢？"

"什么为时已晚？"

"别等着我们太老了——老得不能抚养孩子了。"

"不，"伊内斯说，"我不想孤儿院的孩子待在我家里，睡在我孩子的床上。这是一种侮辱。我对你的提议感到震惊。"

有好几个晚上，当他醒来的时候，他发誓听到男孩的声音在他的耳边响起：西蒙，我无法入睡，来给我讲一个故事吧！或者，西蒙，我做了一个很糟糕的梦！或，西蒙，我迷路了，快来救我！他觉得伊内斯也有睡不着觉的时候，也听到这些声音，但他没有问她。

他避开公寓楼后面公园里的足球比赛。不过，有时候一个孩子飞奔着穿过马路或在楼梯上跑来跑去，他便看出了大卫的身影，心里感受到一阵痛苦的怨恨，为什么他的孩子被带走了，而其他九十九个被留下安然无恙地玩耍和快活。这太残忍了：可怕的黑暗将他吞噬，没有抗议，没有喧嚣，没有揪头发或是咬牙切齿，而世界还继续旋转前进着，就好像什么都没发生过。

他打电话到音乐专校去拿大卫的物品，结果不知不觉、不知道为什么发现自己在阿罗约的房间里袒露心声。"我很惭愧地承认，胡安·塞巴斯蒂安，当我看到大卫的小伙伴时，我发现自己希望他们替他死去——他们中的一个，或是所有的人，都没有区别。似乎有一种邪恶的精神、一种纯粹恶的精神，占据着我，让我无法摆脱。"

"不要对自己太苛刻了，西蒙，"阿罗约说，"你感觉到的动荡会过去，这需要时间。一扇门打开，一个孩子进来了；那扇门关闭了，孩子走了，一切就如从前。这世界上没有什么东西改变了。然而事实却并非如此。即使我们看不到，听不到，感觉不到，但是地球已经发生了转变。"阿罗约停下来，专注地看着他，"有些事情发生过，西蒙，不是什么都没有发生。当痛苦的感觉浮现时候，请记住这一点。"

他的脑海上方有一片乌云，要不然就是黑暗精灵在作怪，总之在这一刻，阿罗约所说的不是什么都没有发生是什么，他还看不清楚，当然也无法掌控。大卫留下了什么印记？没有。一点都没有。还不如蝴蝶扑棱着翅膀留下的痕迹多。

阿罗约说："如果我可以改变一下话题的话，我的同事们建议我们该正式地聚集在一起，工作人员和学生，一起向你的儿子致意。你和伊内斯会加入我们吗？"

阿罗约说话算话。就在第二天早上，学校的活动暂时停止，学生们集合到一起，哀悼同学的离世。在场的，只有他和伊内斯是外人。

阿罗约在同学们面前致辞。"几年之前，大卫来到我们的学校，学习舞蹈，但是很快发现他自己不是学生而是老师，他是我们所有人的老师。我不需要提醒你们，当他为我们跳舞时，我们如何惊奇地静静地站在那里。

"我很荣幸成为他学生中的一个。我们在一起上课的时候，我来弹奏，他来跳舞。但是说真的，当他开始跳舞的时候，舞蹈成为了音乐，音乐成为了舞蹈。他的舞蹈流淌在我的手与指尖，并进入了我的灵魂。我成为了他演奏的乐器。他提升了我，我知道你们也都能证明他也曾提升了你们。每一个生活经他点拨过的人都有同样的想法。

"今天我要为你们演奏的音乐是我从他那里学到的音乐。当音乐结束时，我们将静默一分钟。然后我们将解散，将他的音乐记忆在我们身体内。"

阿罗约坐下来，开始弹奏乐器。他，西蒙，马上意识到了旋律，那是7的旋律，用着一种不熟悉的甜蜜和优雅来诠释着。他摸到了伊内斯的手，抓住它，闭上眼睛，全神贯注地感受音乐。

突然，楼梯那边传来嘈杂声，一群年轻人突然涌入工作室。他们的首领是孤儿院的玛丽亚·普鲁登西亚，拿着用木棍支着的一个牌子，上面写着 LOS DES INVITADOS：不请自来者。她身旁并肩跟着法布里坎特博士和德维托女士，再后面是一群孤儿，多达百人。在他们中间，四个年长男孩的肩膀上扛着一个简易的白色棺材，他们以经过排演的方式把它抬到舞台上放下来。

法布里坎特博士点头示意，德维托女士将四名抬棺材的人领到舞台上。对于所有这一切，阿罗约没有采取任何干预行动：他似乎很困惑。

德维托女士发话了。"朋友们！"她喊道，"对你们所有人来说，这是一个悲伤的时刻。你们失去了一个数字；你们中间出现了一个空隙。但是我给你们带来了一个信息，这是一个快乐的信息。你们面前的这副棺材，被大卫年轻的同志们抬着从拉斯马诺斯穿城而过，一直到这里，这象征着他的死，也象征着他的生。玛丽亚！埃斯特万！"

玛丽亚和她的高大的同伴走上前来，一句话也没有说，将棺材竖起，把盖子滑到一边。棺材是空的。

埃斯特万开始说话了。他的声音不是很稳，脸红红的，显然很紧张。"我们是拉斯马诺斯的孤儿，在大卫最后的痛苦阶段一直在他的床边，我们决定……"他绝望地看着玛丽亚，她在他耳边低语，"我们决定通过传递他的信息来庆祝他的去世。"

现在轮到玛丽亚了。她说话时，带着出人意料的沉着："我们将此称为大卫之棺，正如你们看到它是空的。这对我们说明了什么？它告诉我们大卫没有离开，他仍然和我们在一起。为什么棺材是白色的？因为这可能感觉像是悲伤的一天，但这并不是悲伤的一天。就是这样。这就是我们想说的。"

法布里坎特博士再次点头。孤儿们把棺材的盖子盖上，又将其扛到肩上。"谢谢你们，所有人。"德维托女士盖过噪声大声说道，她面带微笑，他只能称这种微笑为狂喜，"感谢你们允许拉斯马诺斯的孩子们，这些经常被忽略和忘记的孩子来参加你们的纪念活动。"就像他们到达时的突兀一样，孤儿们又迅速地从工作室鱼贯而出，抬着棺材走下楼梯。

第二天早上，他和伊内斯在吃早饭，奥尔尤沙来敲门。"阿罗约先生让我来和你们说抱歉，为昨天发生的混乱表示歉意。我们完全被惊住了。另外，你们忘了拿这些。"他拿出来大卫的舞鞋。

伊内斯没有说一句话，拿着大卫的舞鞋离开房间。

"伊内斯很伤心。"他说，"这对她来说并不容易。我相信你明白的。你和我，我们一起出去走走？我们可以在公园散散步。"

天气不错，凉爽无风。他们踩在厚厚的落叶上，脚步声都被吸纳了进去。

"大卫有没有向你展示他的硬币把戏？"奥尔尤沙突然说道。

"他的硬币把戏？"

"他投掷硬币的时候，每次都会是钱币有头的一面朝上。投十次，二十次，三十次都是如此。"

"他一定是有一个双头硬币。"

"你给他任何的硬币，他都能做到。"

"不，他从来没有给我看过这一个把戏。但是我曾制止他与德米特里玩骰子，听德米特里说，大卫只要愿意就能抛出一个双6的色子。他还会什么其他把戏？"

"投掷钱币是我唯一看到的把戏。我从来没有弄明白他是怎么做到的。这让人惊奇。"

"我想如果一个人有非常精细的肌肉控制，就能每次都用完全相同的方式掷硬币或掷骰子。应该是这样的解释。"

"他的把戏只是为了逗我们玩，"奥尔尤沙说，"但他确实曾说过，如果他想，他可以让支撑的柱子轰然倒下。"

"他到底什么意思？让支撑的柱子轰然倒下？"

"不知道。你是知道大卫的。他永远不会直接告诉你他的意思。他总是让你自己去琢磨这些谜题。"

"他给胡安·塞巴斯蒂安玩过他的硬币戏法吗？"

"没有，他只是为班上的孩子们展示。我告诉过胡安·塞巴斯蒂安，但他并不感兴趣。他说大卫做什么都不会让他感到惊讶。"

"奥尔尤沙，大卫曾经提到过他带的一个信息吗？"

"一个信息？没有。"

"大卫根据人们是否适合听到他的信息，把他们划入不同的范畴。我属于无望者——太沉闷，太压抑了。我以为他可能会把你提升进另一个阵营，被选中者的阵营。我以为他可能已向你透露了他的信息。他很喜欢你。你也喜欢他，我能看出来。"

"我不只是喜欢他，西蒙，我爱他。我们都爱他。我可以为他放弃我的生命。真的。但是，没有——他没有给我任何信息。"

"在我和他一起度过的最后一个晚上，他一直提起他的信息——提起它但并没有真正说出它是什么。现在德米特里声称这条信息已被全部透露给他了。正如你所知道的，自安娜·玛格达莱娜事件以来，德米特里一直坚称大卫和他之间有一种特殊的联系，一个秘密的关系。我从不相信他——他是个骗子。但是现在，就像我说的那样，他正在散布一个故事，说大卫留下了一个信息，而他是唯一的承载者。

"孤儿院的孩子都特别接受他的故事。这一定是他们昨天闯入追悼会的原因。大卫的消息是注定给他们的，德米特里说，给整个世界的孤儿，但他去世得太早，不能亲自提供给他们，所以只能由他，德米特里，听到整个的信息。他正在通过他在医院的朋友传播这个故事，就是你看到昨天那个身材娇小的金发女子。她支持他所说的一切。"

"根据德米特里的说法，这信息是什么？"

"他不说。我对此并不感到意外。这就是他的行为方式——让他的对手去猜测。在我看来，整个事情就是 una estafa，一种骗人的伎俩。如果他确实有信息，那也是他自己编造的信息。"

"我以为德米特里被判处终身监禁。他是如何再次获得自由的？"

"天知道。他声称意识到了自己的错误并且悔改了。他声称自己是一个新人，改过自新了。他看上去挺可信的。人们想要相信他，或者至少不那么怀疑他。"

"嗯，你应该听听胡安·塞巴斯蒂安怎么说他的。"

那天晚上他和伊内斯交流。"伊内斯，大卫曾经向你展示过他的一个把戏吗？他每次扔硬币都可以让它头朝上。"

"没有。"

"奥尔尤沙说大卫曾经为他的同学展示过。他有没有告诉过你他要留下的信息是什么？"

伊内斯转过来，面对着他。

"一切都必须公开吗，西蒙？我就不可以有自己的小空间吗？"

"我很抱歉，我不知道你会有这种感觉。"

"你不知道我对任何事情的看法。你有考虑过我的感受吗？当我被医院的那些人撇在一边——*我们在寻找孩子真正的母亲，你不是他真正的母亲，走开*——就好像大卫是一个弃婴，一个孤儿？你可能会觉得这种侮辱容易接受，但是我不能。就我而言，大卫在他最需要我的时候被带走了，我永远不会原谅那些带走他的人，永远不能，包括那位法布里坎特博士。"

很明显他已经触动了她的一条敏感神经。他试图抓住她的手，但她生气地推开了他。"走开。请别打扰我。你只是让事情变得更糟。"

与伊内斯的关系从不容易处理。虽然他们已经在埃斯特雷拉待了四年多，但是伊内斯仍然不安稳、不开心。往往他是那个让她不开心的罪魁祸首：是他把她从诺维拉骗走，原本在那里，她和她的兄弟过着开心的生活。然而事实是，大卫不可能有一个比伊内斯更忠诚的母亲了。他，西蒙，也一直用他的方式奉献着。但他也总是预见有一天男孩会永远地撇开他（*你不能告诉我该怎么做，你不是我的父亲*）。在伊内斯的情况中，他们两人之间的纽带似乎更加强大和深厚，完全不容易松脱。

伊内斯不舍得因为做母亲而失去自由，但是毫无疑问，她对她的儿子是忘我地奉献。如果说这是一个矛盾，她似乎没有任何困难地应对着这种矛盾。

在一个理想的世界里，作为大卫的父母，他和伊内斯会像爱他们的儿子一样彼此相爱。在这个他们所在的那个不那么理想的世界里，伊内斯把他作为所有冷淡和不满的发泄口，而他的回应往往是回避。随着孩子的离去，他们还能指望在一起多久？

随着岁月的流逝，伊内斯更多地回忆起过去在居留点①的日子。她说，她怀念打网球的日子，怀念游泳，还想念她的兄弟，特别是弟弟迭戈，她的女朋友正怀着第二个孩子。

"如果这是你的感受，也许你应该回去。"他告诉她，"毕竟，除了商店之外，还有什么能让你留在埃斯特雷拉呢？你还很年轻。你自己的生活还长着呢。"

伊内斯神秘地微笑，似乎想说点什么，但是最后还是没说。

"你有没有想过我们应该如何处理大卫的衣物？"在一个无言相对的夜晚，他问道。

"你是在建议我把它们给那个孤儿院吗？绝对不。我宁愿烧掉这些衣物。"

"我不是要这样建议。如果我们真的给了孤儿院，他们非常可能会将它们进行展示。不，我是想把衣服送给慈善机构。"

---

① 原文为西班牙语，La Residencia。

"按你的想法做好了，就是不要再跟我说这件事了。"

她并不想讨论男孩衣物的处置，但是他也注意到喂玻利瓦尔的盘子和它的狗垫都一起消失了。

伊内斯不在家的时候，他把大卫的衣物收拾了两行李箱子，从当时伊内斯收养大卫时给他买的荷叶边衬衫和带着带子的鞋，到后背绣着 9 号的白上衣——在那个充满希望的一天，他穿着这件上衣去拉斯马诺斯踢足球。

他把 9 号衬衫拥到脸上，用鼻子闻着它的气息。是他的想象，还是面料真的还带着男孩皮肤的微弱的肉桂气味？

他去敲公寓守门人家的大门。是守门人的妻子来开门。"你好，"他说，"我们没有见过面。我是西蒙，我住在院子对面的 A–13。我的儿子曾经和你的儿子踢足球。我儿子叫大卫。请不要误解，不过我知道你有小孩，我的妻子和我想知道你是否喜欢大卫的衣服。否则它们就浪费了。"他打开了第一个旅行箱，"你可以看到，这些衣服状况都良好。大卫穿衣服还是很仔细的。"

这个女人似乎很紧张。"我很抱歉，"她说，"我的意思是，我很抱歉你们失去了大卫。"

他关上行李箱。"我很抱歉，"他说，"我不应该这样来问。我是太愚蠢了。"

"在凯勒罗萨街上，邮局隔壁有一家慈善商店。我相信他们会很高兴接受这些衣物。"

有些晚上，伊内斯直到后半夜才回家。他会等着，听着她的车响，听着她上楼的脚步声。

其中一个晚上，她的脚步声停在他的门口。她敲了他的门。他马上看得出，她心烦意乱，也许她喝了太多的酒。

"我忍受不了了，西蒙。"她说着开始哭泣。

他把她拥到怀里。她的手提包掉在地上。她摆脱了他的拥抱，去捡起手包。"我不知道该怎么办，"她说，"我不能这样下去了。"

"坐下，伊内斯。"他说，"我来煮点茶。"

她一头倒在沙发上。过了一会儿，她再次坐起来。"不要煮茶了，我要走了。"她说。

他从门边把她拉回来，领回到沙发上，并坐在她身边。"伊内斯，伊内斯，"他说，"你遭受了可怕的损失，我们都遭受了可怕的损失，你不再是你自己了，怎么可能不这样呢？我们成了残缺不全的人。我说不出可以带走你的痛苦的话语，但如果你需要哭泣，就在我的肩膀上哭泣吧。"然后，他抱着她，她哭啊哭。

这是连续三夜中的第一夜，他们共同在他的床上度过。没有性的问题；第三天晚上，黑暗给了她勇气，伊内斯开始是欲言又止地讲起她的故事，后面越讲越自如，这个故事可以追溯到那个日子，在居留点的田园般的生活戛然而止，一个陌生男子手里领着一个男孩，没人欢迎，不请自来。

"他看起来那么地孤独，那么地无助，你给他找的那些衣服看着那么不合身——我的心随他而去。在那之前，我从来没想过自己是一个母亲。其他女人谈到的那种——渴望，在意，无论她们称之为什么——完全没有存在于我身上。但在大卫的大眼睛里闪烁着这样的恳求——我无法抗拒。如果我能够看到未来，如果我知道自己会有多痛苦，我当时会拒绝。但在那一刻，我什么其他的都说不出来，我只能说：你选择了我，小家伙。我是你的，带我走。"

这可不是他，西蒙，关于这一天的回忆。他所记得的是，花了很多力气恳求和说服伊内斯。大卫并没有选择你，伊内斯，他想说（但是经验告诉他，与她对着说是不明智的）——不，他是认出了你。他认出你是他的母亲，他从你身上认出他的母亲。作为回报（他想继续说，但是没有这样做）他想要你——他想要我们两个——能够认出他。这就是他一次又一次地要求的东西：被认可。虽然（他想补充一点总结）一个普通人如何能够认出一个他以前从未见过的人，这个问题是我不能解释的。

"就好像（伊内斯继续她的独白），一下子，我的未来变得清晰明了。在那之前，住在居留点的我总觉得有点无所事事，有点孤立无援，好像我一直在飘浮着。然后，我突然被带入了现实。我有事情要做。我有人要照顾。我有了一个目的。可是现在……"她停下来；在黑暗中，他可以听到她在尽力憋住眼泪，"可是现在，还剩下什么？"

"我们很幸运，伊内斯，"他试图安慰她，"我们本来可能活在我们那平凡的生活中，你在你的空间里，我在我的空间里，毫无疑问，我们可能会找到各自心满意足的东西。但是，到最后，那些平凡的让我们心满意足的东西累加起来能会是什么？相反，我们获得特权，被一个彗星光临。我记得最近胡安·塞巴斯蒂安曾和我说：大卫到来之后，世界就变了，大卫离开了，世界又回到从前的样子。这是你和我所不能忍受的：想到他已被擦除，什么都没有留下，就好像他没有存在过。但事实并非如此。这不是真的！这个世界可能还像以前一样，但是它也有了不同。我们必须抓牢那些变化，你和我，即使在目前，我们还无法看清那些变化。"

"最初的几个月，我就像在童话故事中，"伊内斯继续说道，她的声音很低，像是在说梦话；他怀疑她是否已经听到了他说过的话，"如果一个人可以和一个孩子有 Una luna de miel，度蜜月，那就是我的感觉。我从来没有感到如此完整，如此满意。他是我的 caballerito，我的小男人。我常常连续几个小时站在他床边看着他睡觉的样子，沉迷其中，心中充满了爱。你不懂的，是不是——母亲的爱？你怎么能懂呢？"

"确实不懂——我怎么会懂得母爱？但是从一开始我就清楚你有多爱他。你不是一个情感外露的人，但任何人，包括一个陌生人都可以看到你对他的爱。"

"那是我一生中最美好的日子。后来，当他开始上学时，事情变得困难。他开始和我产生距离，开始抗拒我。但我不想那样。"

她不需要讲这些。他太记得那些日子了，记得那些嘲讽：你不能告诉我该怎么做，你不是我真正的母亲！

在他们分别所处的床边，在黑暗的帘幕之间，他说："他爱你，伊内斯，无论他以冲动的方式说过什么。他是你的孩子，你的，不是其他人的孩子。"

"他不是我的孩子，西蒙。你和我都知道这一点。他更不是你的孩子。他是一个狂野生物，是森林里出来的一个生物。他不属于任何人。当然也不属于我们。"

狂野生物：她的话让他大吃一惊。他没有想到她能有这样的见解。伊内斯，总是让人惊讶。

这标志着伊内斯的长篇忏悔的结束。没有互相碰触，他们保持着警惕的距离，开始入睡。先是伊内斯睡着了，然后他也睡着了。当他醒来时，她已经离开了，没有再回来。

几天后，他发现门下有一张纸条。笔迹是她的。"有个口信让你给专校的奥尔尤沙打电话。请不要叫我参与任何安排。"

第二十二章

"我这有一个提议给你，"奥尔尤沙说，"这个提议来自一些男孩，是大卫的朋友们，还有胡安·塞巴斯蒂安的祝福。就是我们想准备一场新的演出来纪念大卫。最好是一些不太严肃，也不太悲伤的东西。只限学校的学生和他们的父母参加。这样我们就可以在不受外界干扰的情况下恰当地纪念他。你觉得这样可以吗？"

原来是胡安·塞巴斯蒂安的儿子华金和达米安想出的这个计划。最先他们只是提出通过跳舞来纪念大卫；现在他们希望舞蹈辅以小品，情节从大卫的生活中选取。"他们希望是关于孩子们的事情，轻松点的，"奥尔尤沙说，"他们希望让我们记住现实生活中的大卫，而不是让我们哭泣。他们说，我们已经哭得足够多了。"

"真实生活中的大卫，"他说，"学校的孩子们对大卫的真实生活了解多少？"

"足够多了，"奥尔尤沙说，"这是一个期末的娱乐活动，不是历史研究项目。"

"如果胡安·塞巴斯蒂安是在认真对待他的演出，我倒有一个替代方案推荐。他和我可以买一头驴子去巡回演出。他可以拉小提琴，我可以跳舞。我们可以称自己为吉卜赛兄弟，并将我们的节目称为'大卫的事迹'。"

奥尔尤沙有些疑惑。"我不认为胡安·塞巴斯蒂安会喜欢这个主意。我认为他没有时间去巡回演出。"

"这是个玩笑，奥尔尤沙。不要再把它重复说给胡安·塞巴斯蒂安听了。他听了不会觉得好笑的。这么说来他想举办第二场活动。让我把这个想法告诉伊内斯，看看她怎么说。"

曾经，他对奥尔尤沙寄予厚望。但这位英俊的年轻老师已经有点让他失望：他的思维太实在了，脑袋太死板了。他声称自己是大卫的崇拜者，但是他能看到多少真实的、反复无常的大卫呢？

起初伊内斯不同意。从一开始，她就对这个专校有微词——关于这所学校所提供的教育（轻浮，没有实质），还有阿罗约本人（冷冷的，很自大），还有丑闻——她从来就没有忘记这件事情——阿罗约夫人与学校看门人的丑闻。他尽力改变她的主意。"这场节目是由孩子自己提议的，"他力劝道，"你不能因为学校的问题而迁怒于这些孩子。他们爱大卫。他们想要做一些事情来记住他。"伊内斯勉强地改变主意同意了。

该活动在下午举行，尽管通知时间很短，还是吸引了大量的学生家长参加。阿罗约没有对大家讲话，也没有上台。相反，这场节目是由他的大儿子华金来介绍的，他已经长成了一个严肃的，甚至学究气的十四岁少年。华金对观众说话没有任何紧张的迹象。"我们都知道大卫，所以我不需要解释他是谁，"他说，"我们节目的前半部分叫作大卫的'行为及语录'。下半场将是舞蹈和音乐。就是这样。我们希望你们会喜欢这场节目。"

两个男孩走上舞台。一个人头上戴着一个花环，上面写着一个大字母 D。另一个穿着学者袍，手里拿着学位帽；在长袍下面的腰间还系着一个垫子，这让他看起来肚子鼓鼓的。

"男孩，二加二是多少？"装成老师的人物大声询问。

"两个什么加两个什么？"演员大卫回应道。

"这是一个多么愚蠢的男孩！"老师恼怒地大声说，"两个苹果加两个苹果，男孩。或两个橙子加两个橙子。两个单位加两个单位。两个加两个。"

"什么是单位？"大卫问道。

"一个单位可以是任何东西，它可以是一个苹果，它可以是一个橙子，它可以是宇宙中的任何东西。男孩，不要考验我的耐心！二加二！"

"它可以是鼻涕吗？"大卫说。

观众爆发出一阵笑声。扮演老师的男孩也开始咯咯地笑。垫子滑出长袍掉落在舞台上。观众发出更多的笑声。两个男孩鞠躬退下。

两位新演员登台。先前扮演大卫的那个男孩跑回来，把花环拿回来让其中一个新人戴上。

"你背后的是什么？"演员大卫问道。

另一个人露出他藏起来的东西：满满一钵太妃糖。

"我和你打赌，"大卫说，"我会掷硬币，如果出现的结果是正面，你必须给我一颗太妃糖，如果出现了反面，我会给你一切。"

"一切？"第二个男孩说，"你的一切是什么意思？"

"宇宙中的一切，"大卫说，"你准备好了吗？"

他投掷硬币。"正面。"他宣布。第二个男孩递过去一颗太妃糖。"再来一次？"演员大卫说。第二个男孩点了点头。他投出了他的硬币。"正面。"他宣布。他伸出手来要太妃糖。

"这不公平。"第二个男孩说，"这是一枚特制的硬币。"

"这不是一个特制的硬币，"大卫说，"你可以给我另一枚硬币。"

第二个男孩小心翼翼地从口袋里掏出一枚硬币。大卫抛起新硬币。"正面。"他宣布说，并伸出他的手。

这个过程加速了：抛，宣布（"正面"），伸出的手，太妃糖的交接。很快碗就空了。"你现在打算赌什么？"大卫问道。"我赌我的球衣。"第二个男孩说。他失去了他的衣服，然后是鞋子，然后是另一只鞋子。最后，他只穿着内裤。大卫扔了硬币，但这次没有说出任何字，既没说"正面"也没说"反面"，而是给出了一个意味深长的微笑。第二个男孩流下了眼泪："呜——呼——呼！"两人鞠躬致敬，观众掌声雷动。

一个铁床架被拖到舞台上，上面覆盖着床单。阿罗约家的小儿子，带着假胡子，穿着长及脚踝的睡衣，躺在床上，双臂交叉放在胸前，闭着眼睛。

奥尔尤沙走了进来,身着深色大衣。"所以,堂吉诃德,"奥尔尤沙说,"你要离世了。现在是你与世界和平相处的时候了。没有更多的龙可以杀,也没有更多的少女需要拯救了。你是否会承认你所过的骑士的生活是错误的,而一切都是 una tontería,一堆废品?"

堂吉诃德一动没动。

"你所挑战的那个勇敢的巨人,你和你的驽骍难得一起——实际上那不是一个巨人,而只是一个风车。你所经历的冒险生活,所有这一切都不是真实的。这一切都是为了娱乐我们的演出。你已经知道的,不是吗?你是演员,扮演着一个角色,我们是你的观众。但现在节目即将结束。是时候挂剑了。是时候忏悔了。说话啊,堂吉诃德!"

达米安·阿罗约的胡子有点歪了,有意地弄出声响地从床上坐起来。他用颤抖的声音说:"把我的驽骍难得带上来!"

一匹马从舞台侧面出现了。那是两个孩子蹲在一块红毯之下,只露出自己的腿,面前罩着一个纸做的马头。

"把我的剑拿来!"达米安命令道。

一个穿黑衣的孩子带着一把带装饰的木剑走上台,然后把剑呈了上去。

达米安从床上下来,面对观众,高高举起他的剑。"向前冲啊,驽骍难得!"他喊道,"只要有少女需要拯救,我们就不会停止!"他试图爬到驽骍难得的背上。地毯下的男孩们跌倒了。马头咔嗒一声落到地板上。达米安将剑挥过头顶。他下巴上的胡须脱落了，但是嘴上的胡子仍然在。"向前冲啊，弩骓难得！"他又喊了一次。观众鼓掌。奥尔尤沙拥抱他，把他抱起来，向观众示意。

他，西蒙，转向伊内斯。她脸上流着泪水，但是她在微笑。他紧握着她的手。"我们的孩子！"他低声在她耳边说。

两个助手将一个大纸板箱推到舞台上，其中一侧已经被切掉。一个身穿黑色长袍，头戴绿色假发和脸上涂着白漆的男演员从舞台侧翼出来，走进盒子，默默地站在那里，垂着头。

一阵鼓声，然后头戴着写着字母 D 花环的华金，手持一个重重的权杖，像帝王一样，走上舞台。他坐在盒子对面的椅子上。

他说话了："你的名字是 El Lobo，狼。①"

"是的，我的主人。"这个黑衣人物回答道，仍然垂着头。

"你的名字是狼，你被指控吞噬一只毫无恶意、只想玩的无辜小狗。你要怎么为自己辩护？"

"我有罪，我的主人。我请求你的原谅。吃小动物，羔羊，小狗和小猫等是我的本性。他们越无辜，我就觉得它们就越开胃。我无法控制自己。"

"如果你的本性是吃小狗，那么我的天职就是宣判。

---

① 原文为西班牙语，El Lobo，含义是狼。本章节下文出现的"狼"原文都为 El Lobo。

狼，你准备好接受判决了吗?"

"我是，我的主人。严厉地惩罚我吧。让我受到鞭打。让我为自己的坏本性受罚。我只是恳求，在我接受惩罚之后，你会原谅我。"

"不，狼，如果你不改变自己的本性，你不会被宽恕。现在我将宣判。你被判决将你吞噬的小狗还生。"

"呜呜!"黑衣男孩说着，夸张地擦拭着眼泪，"就像我无法改变我的本性一样，我也无法让小狗还生，尽管我想那样做。小狗已经被肢解、咀嚼、吞下并被消化。它已经不在了。没有小狗了。曾经的小狗已成为我的一部分。你所要求的是不可能执行的。"

"你错了，狼! 对于世界之王来说，一切皆有可能!"他起身，三次敲打他的权杖，"我宣布小狗将恢复生命!"

感到震惊和恐惧的黑衣男孩蹲到他的箱子里，只露出他绿色的头发。出现了大声呕吐的声音，一次接一次。从箱子后面跳出一个角色，他，西蒙，认出来这是公寓里的男孩，绰号小狗的阿特米奥。阿特米奥充满着喜悦地在舞台上跳跃，全场大笑并欢呼。

手牵着手，三位演员鞠躬：小狗、带着绿色假发的男孩，还有头戴字母 D 花环的华金。

戏剧部分结束了。道具从舞台上清除。阿罗约用风琴即兴创作了一首温柔旋律的乐曲。观众安顿下来。阿罗约家的两个男孩穿着紧身衣和舞鞋出现。弟弟开始了大家熟悉的数字三的舞蹈。然后音乐变得更复杂，大一点的男孩开始跳数字五的舞蹈。他们遵循两种不同的旋律，互相围绕。

在三和五的旋律之外，风琴演奏出一种涵盖两者的旋律。起初他，西蒙，无法识别它。这段音乐内容太多了，他认为自己的思维是无法跟上的。从伊内斯，还有他周围的人那里，他可以感受到同样的困惑。

这两个阿罗约家的男孩继续优雅地跳着，绕着圈地旋转，但是半径不断延展，直到舞台中心被空出来。音乐也开始变得简洁了。开始是五的旋律消失，然后三的旋律消失。最后只剩下七的旋律的声音。音乐持续了一段时间。观众放松了，音乐变得越来越柔和，直到最后停止。这两个男孩静静地站着，低着头。灯光很暗，舞台很黑，舞蹈结束了。

节目的结束曲目是阿罗约本人的小提琴演琴奏。这一部分不是很成功。观众很躁动，空气中仍然有太多的兴奋，很难跟上音乐本身的沉静：就像一只不安分的鸟，似乎无法决定在哪里驻足。演奏结束时，人们鼓掌致意，但是从掌声中，他，西蒙，能够感觉到观众是觉得松了一口气。

学生家长走向伊内斯和他。"这么优美的表演！……太感人了！……真是太可惜了！……我们和你们感同身受……他是一个多么可爱的孩子！……阿罗约家的男孩子真是太棒了，他们太有才华了！"

被家长们善意的言辞和姿态所感动，他产生了一种走到台上吐露心声的冲动。亲爱的家长们，亲爱的孩子们，亲爱的阿罗约先生，他想说，这一天令人难以忘怀。大卫的妈妈和我将带着不朽的爱来回忆我们的儿子在这里受到的培育。祝学校更加繁荣！但是他又想了想，还是闭上嘴，等待着观众退场。

阿罗约站在门口握手，肃穆地接受祝贺。他和伊内斯走在最后。

"谢谢你，胡安·塞巴斯蒂安，"伊内斯说，伸出手来，"你让我们感到非常自豪。"她声音里的温暖让他，西蒙，感到惊讶，"特别谢谢你带来的音乐。"

"你喜欢这些音乐吗？"胡安·塞巴斯蒂安说。

"是的。我本担心会有小号。我不喜欢小号。"

"女士，我在努力尝试着揭示被隐藏的内容。在这样的音乐中，没有小号或鼓的位置。"

阿罗约的话让他感到困惑，但是伊内斯似乎明白。"晚安，胡安·塞巴斯蒂安。"她说。

阿罗约以一种老式的宫廷方式鞠躬并亲吻她的手道别。

"胡安·塞巴斯蒂安是什么意思？"他在车里问伊内斯，"他试图揭示的隐藏的内容是什么？"但是伊内斯只是微笑着摇摇头。

第二十三章

关于尸体的问题还未解决。

他打电话给孤儿院，和法布里坎特的秘书讲话。"大卫的母亲和我想去看看大卫被埋葬的地方，"他说，"你能告诉我们怎么走吗？"

"只是你们两个吗？"

"就我们两个人。"

"你们可以在办公室外面等我，我会领着你去，"她说，"在早上，孩子们上课的时候来吧。"

第二天早上，他和伊内斯——伊内斯穿着深黑色的衣服——准时到达。秘书带领他们沿着蜿蜒的小路穿过玫瑰园走到一个地方，礼堂的砖墙上摆放着三块铜牌。"大卫是右边的那个，"她说，"最近的。"

他走近了一点，读牌子上的字。上面写着：大卫。Recordado con afecto. 他看了另外两个牌子上的字：托马斯。Recordado con afecto. 埃米利亚诺。Recordado con afecto.

"这就是全部吗？"他说，"托马斯和埃米利亚诺是谁？"

"几年前在一次事故中丧生的兄弟。每个牌子后面都有一个小隔间放骨灰。"

"然后就是 Recordado con afecto，深切怀念？你们的孤儿院就只能做这些吗？不用提及爱？没有不朽的记忆？不需要期盼着在更远的地方重聚？"他转过头去问伊内斯，伊内斯穿着僵硬的黑色礼服，戴着不怎么吸引人的黑帽子，"你怎么看？深切对我们的孩子足够吗？"

伊内斯没说话，但摇了摇头。

"大卫的母亲和我意见是一致的，"他说，"我们不认为 afecto，深切就足够了。对于托马斯和埃米利亚诺而言，也许这已经足够了，我不知道，但对于大卫而言，这还远远不够。要么你们把它改变一下，要么我们来改变它。"

"我们这里是一个公共机构，"秘书说，"是一个为生者而不是死者服务的机构。"

"还有花？"他指着三个牌匾下方靠在墙上的一束野花问道，"这花也是你们机构提供的吗？"

"我不知道是谁放这的花，"秘书说，"可能是一个孩子。"

"至少这里有人是有心的。"他说。

他向奥尔尤沙讲述了他们的孤儿院之旅。"我们没有期望一座宏伟的纪念碑。但是，法布里坎特博士和他的人把尸体要去了。他们像秃鹫一样在他头顶上盘旋，并落到他身上，那个时候我们仍然因悲伤而麻木。然而，一旦他们把他抓牢在他们的爪下，他们对他则是冷漠得不能再冷漠了，关切再少不过了。"

"你必须考虑一下当下的政治形势，"奥尔尤沙说，"我们学校也可能有我们的问题，但法布里坎特博士面临的情况更糟糕，他要控制那么多的狂热分子。你一定听说过他们在城里所做的事。"

"没有，他们在城里做了什么？"

"他们成群结队地从一家店面跑到另一家店面，把展品打翻，声嘶力竭地责备店主要价太高。价格公正！这就是他们呼喊的口号。在其中一家宠物店里，他们打开笼子，将动物——狗、猫、兔子、蛇、乌龟都放出来。他们把鸟儿也放飞了，只剩下金鱼。警察不得不被叫来。所有这一切都是以大卫的名义进行的。他们中的一些人声称他们看到了神秘的异象，大卫出现了并透露给他们隐秘的信息。他在身后留下了巨大的印记。这些都不让我感到惊讶。你知道大卫是怎么样的。"

"我对此一无所知。报纸上没有任何关于这件事的内容。为什么你说大卫留下了印记？"

"西蒙，要通过他们的眼睛看大卫。这些孩子一生都住在一个机构中，遵循制度管理，几乎没有任何机会进入更广阔的世界。突然间，他们中间来了一个有着奇思妙想的孩子，一个从未上过学、从未被驯化的孩子，他谁都不害怕，当然也不害怕他的老师，他长得像女孩一样美丽但却有着踢足球的天赋。——他就像幻影一样来到他们中间，然后在他们习惯他之前，他又成为神秘疾病的牺牲品并且被带走，再也不会到孤儿院了。难怪他们会接受德米特里的故事，说他是被穿白大褂的男人杀死的。难怪他们会把他变成一个烈士和传奇。"

"被医生杀死了？医院的医生？那是德米特里讲的故事吗？为什么医生想要杀死大卫？他们不是坏人。他们只是无能。"

"根据德米特里的说法，不是这样的。据德米特里说，他们编造了一个故事说有火车可能在任何时刻运送来新鲜血液救治他。然后这个故事掩盖的事实是，他们从他的身体里抽出血液，直到他变得越来越衰弱，直至死去。"

"我简直吓呆了。德米特里现在是指责医生们是吸血鬼？"

"不，不，没有那么老式！他讲的故事是，他们将大卫的血液吸入了小瓶中，这些小瓶子被存放在一些秘密的地方，用于他们的邪恶研究。"

"德米特里这么一名精神病犯人竟然成功地在整个城市传播了这种怪诞想法？"

"我不知这故事是怎么流传开的，但是孤儿院孩子们肯定是从他那里听到这些故事的，然后它就像长草了一样从孤儿院里传播开去。现在让我回到关切和你在墙上看到的牌匾问题。你必须要感谢法布里坎特博士的立场。如果他走得太远，就有可能将他的孤儿院变成了神社和各种迷信的滋生地。"

"当你看到所发生的一切，奥尔尤沙，你不觉得后悔吗，音乐专校本应该拴住大卫，而不是让拉斯马诺斯把他抢过去？大卫肯定更像是你们学校的产物，而不是拉斯马诺斯的。"

"这样说也对，也不对。我也同意，很可惜，拉斯马诺斯获得了对他的所有权。然而胡安·塞巴斯蒂安和我以及任何其他教师都没有觉得大卫是学校的产物。说起来可笑，大卫教给我们的远远超过我们能教他的。我们是他的学生，我们所有人，包括我自己。你还记得胡安·塞巴斯蒂安在追悼会上说过什么吗？在我们被打断之前，他正在描述大卫对他的影响。他说的比我能说的要好得多。他说，这一切都归结到舞蹈。不知用了什么方法，大卫将所有的事情转化成舞蹈的形式。舞蹈成了主题或主要语言，只是它不是通常意义上的语言，不像你可以从书里学到的语法和词汇等内容那样。你只能靠跟随着它来学习。当大卫跳舞的时候，他进入另外一个世界，如果你能跟着他跳，你就会被带到那个地方——并非总是如此，但是时不时总会有一次能做到。不需要告诉你，你知道这一切。如果我的话听起来语无伦次，我很抱歉。正如我所说，你应该和胡安·塞巴斯蒂安聊聊。"

"亲爱的奥尔尤沙，你说的根本就不是语无伦次。相反，你说的最有说服力了。上周音乐会结束后，胡安·塞巴斯蒂安说了一些让我困惑的事情。他说，在他的音乐中，他试图透露一些隐藏的内容。你觉得他是什么意思？"

"你是说他那天演奏的音乐吗？我不知道。可以问问他。也许他的意思是说，大卫是那样一种人：我们通常认为他们会对世界产生巨大的影响，但是他没有这样做，因为他们的生命被缩短了。因为他们的生命被缩短了，所以他们没有被看到。没人写关于他们的书。"

"也许吧。但是我不认为这是胡安·塞巴斯蒂安想要说的那种隐藏。没关系。让我回到前几天我提出的问题吧，即关于大卫的信息的问题。大卫谈到了他带着某个信息，却还未能传达。正如我告诉你的那样，在住院期间，他对我和其他人都非常强调地说过这事儿。如果你说的是真的，如果他能够通过舞蹈的媒介说出他想要的一切，那为什么他不在舞蹈的媒介中传达他的这个信息呢？"

"不要问我，西蒙。对于如此高深的问题，我不是合适的回答人选。可能舞蹈还没有足够的力量传递信息。也许舞蹈和信息属于不同的领域。我不知道。但是让我感到奇怪的是，那个杀死他的疾病是从让他跛脚开始。很奇怪或者说险恶。好像这种疾病有自己的想法。好像它想阻止他跳舞。你怎么看？"

他没有回答这个问题。"正如你所知的，德米特里现在声称他是消息的唯一知晓者。他说，尽管那些穿着白大褂的人阻碍着，但大卫还是成功地将信息传递给了他——只是给了他，就他一个人。你有没有想到那信息可能是什么？学校里的孩子们没有什么可说的吗？"

"我没有听说过什么。他们说出来的，他们似乎毫无疑问接受的观点是，德米特里是大卫最忠实的追随者。在大卫最后的日子里，他一直待在大卫的身边。如果他能够，他将会挽救大卫——将他从医院偷出来，放到安全的地方——但是医院的白衣男子太多、太强大。"

"关于德米特里在医院的助手德维托女士——孩子们对她有什么看法？"

"没说过她什么。他们所有的故事都与大卫和德米特里有关。当然，德米特里一直以来就是学校流传故事中的一部分。没有人会在晚上下到地下室，就是因害怕被德米特里大怪物抓住和吃掉，那个带绿发的妖怪德米特里。"

"啊，是音乐会上的那个人物吗？迪米特里大怪物！我多么希望我从来没有看到过这个男人！"

"如果不是德米特里，就是其他像他这样的人，"奥尔尤说，"这些人到处都是，相信我。"

第二十四章

一封来自德米特里的信件。

西蒙：

我更喜欢和你面对面地真诚交流，但是这不容易，我不能像普通人那样自由地来去，因为我还没有被认定完成了我的赎罪，赢得原谅等等。所以我只能写信给你了。

让我们打开天窗说亮话：你从未喜欢过我，我也从来没有喜欢过你。我清楚地记得我们第一次见面的那天。你没有掩饰自己的感受。我不是你喜欢的类型，你不想与我有任何关联。然而，这么多年以后，你的命运和我的命运，我们的命运一直纠缠在一起。

大卫活着的时候，我尊重他的家庭模式。如果你在公开场合讲述的故事说你们三个是一个幸福的家庭，父亲、母亲和亲爱的儿子，我算是谁，可以对此表示怀疑呢？

但你知道真相。事实是，你们从来不是一个幸福的家庭，甚至从来就不是一个家庭。事实上，年轻的大卫不是任何人的儿子，而是一个孤儿，由于你自己的原因，你把他保护在自己的翅膀之下，并用一道荆棘的围栏环绕着，以使他无法逃脱、飞走。

最近我和胡里奥·法布里坎特博士聊了聊，就是大卫从你和伊内斯那里逃走后去的孤儿院的管理者。胡里奥博士是一个忙碌的人，我同样也很忙碌，所以我们两个人聚在一起并不容易。尽管如此，我们还是找时间见面并讨论大卫的未来。

大卫的未来？你可能会问。大卫有什么未来？他已经死了。

在这里，在生死，在死亡和生命问题之前我们要停下来。从哲学角度讲，在最高层次或最深层次上说，死亡是什么意思？

你本人有点像哲学家一样，所以你会欣赏这个问题的力量。在禁闭的压力之下，我也有点成了一个哲学家。我总是说，禁闭是反思的姐妹，或者说是同父异母的姐妹。在我被禁闭期间，我对过去想了很多——特别是关于安娜·玛格达莱娜，以及我对她所做的一切。是的，**我，德米特里**，对她所做的一切。他们这些医生不断催促我相信，在我那样做的时候，我已经不是我自己。"你在内心深处不是一个坏人，德米特里，"他们告诉我，"一点也不坏。不，是某种东西让你那样做了——突然一抽筋，或一发作，甚至像是老套的短暂的恶魔附体。但是放宽心，我们会把你治好的。我们将为你提供让你康复的药片。晚上最后一件事是吃一片我们给你的药片，早上第一件事情是再吃一片我们给你的药片，好好表现，很快你就回归成你自己了。"

这些傻瓜，西蒙，这些傻瓜！吃一颗药丸，低下懊悔的脑袋，一切都将恢复原样！他们理解人类的心灵吗？那个小男孩知道得更多。走开，德米特里！他说。我不原谅你！当医生把我埋葬在药片和善意的建议之中时，正是他那一句令人难以忘怀的话救了我：我不原谅你！要不然我怎么能幸免于他们的照顾并且可以毫发无损地出来呢？

现在，男孩的骨灰被安置在孤儿院的砖墙里，墙对着玫瑰花园——胡里奥博士向我保证那是最宁静的环境了。我自己并不赞成火葬，但胡里奥博士说，火化一直是他所在机构的政策，我又怎么有资格质疑政策？如果征求我意见的话，我会投票支持用老式的方法，将整个遗体，一点都不要少地埋葬在坟墓中。正如我对胡里奥博士所说的，去探望一个墙上的骨灰盒龛，与探望一个正式墓地里的坟墓相比，这两者是完全不同的，后者可以让人想象死者以大地为盖，正在安息，唇上带着微笑，等待着下一个生命宣布诞生。

与真实的身体相比，骨灰是如此地没有质感，你不觉得如此吗？而且你怎么能肯定被装到一个小瓶里、送到你家地址的骨灰就是死者的骨灰？但正如我所说，我怎么有资格发号施令呢？

让我再次回到大卫的未来这个问题上。大卫是一个非常特殊的年轻人，他正好落到由你照顾，由你和夫人来照顾，而这一责任，你们两人都证明自己是不足以胜任的。我们不要争论这一点了，你知道这是真的。然而，请放心。我们可以讲一个更美好的大卫故事，一个对你更友好些的故事。这个故事的讲述如下：你，忠实、可靠的老西蒙，从未想过要在大卫的生活中做主要人物。你的作用就是把他从诺维拉带到埃斯特雷拉，并把他交给我，德米特里，之后你便该从场景中退出了。你有没有这样想过？你是一个有想法的人，所以也许你有想过。

你是一个诚实的人，西蒙，诚实得过头了。仔细审视一下你的内心。一个严酷的事实是这样的：我是那个留下来与男孩共同经历痛苦的那个人，而你是在家里轻松地喝点酒，睡一觉的那个人。当夜班护士拿来药片让他吃了睡觉的时候，我是那个让药片消失的人。为什么？这是出于对他的尊重。因为他害怕吃药，害怕被人催眠，担心自己再也不会醒来。尽管要忍受难以忍受的痛苦（你知道他有多痛苦，西蒙？我相信你不知道），他不想在他还没有传递信息之前死去。

因为不希望他的信息与他自己一起消亡，所以他选择将其委托给我。他永远不会选择你。这本来就是浪费时间。"西蒙的问题是他根本就没有想倾听的耳朵"：这就是他一次又一次对我说的话。"西蒙没有认可我是谁，无法理解我的信息。"

我认可了大卫，他也认可了我。这点毫无疑问。我和他，就像天生的一对：像弓和箭，像手和手套。他是主人，我是仆人。所以，当他死的时间到了，他就来找我，忠实的德米特里。"我累了，德米特里，"他说，"这个世界对我来说完结了。帮帮我。把我抱在怀里。让我舒服地离开。"

让我回到主要观点上来。从某种意义上说，大卫承载着信息，尽管其内容仍然是模糊的。也许他还没有完全形成这个信息。也许他心中有一片云，从其中即将诞生信息。这是可能的。但从另一个意义上说，他脑子里是否有一片云都是无关紧要的，因为大卫本人可能就是信息。

信使本人就是信息：一个绝妙的想法，你不觉得吗？

信使或信息或两者一起被砌到了砖墙里真是太离谱了。我们不该让这样的事情发生。我希望你去孤儿院把他带走。这不是一项大工作。一把锤子和凿子就足够了。天黑后去做。还要等待一个暴风雨的夜晚，这样敲打声就不会被听到了。

他像彗星一样飞逝而过。我不是第一个观察到这点的人。彗星很容易被错过：一眨眼就可能，片刻不注意就会错过它。西蒙，我们应该让他保持光明。我知道去挖坟这事儿对你来说并不容易。但那不是一个真正的坟墓，只是墙上的空洞。你要那样想。

你和我在许多事情上看法都是不一致的，但是我们有一个共同点：我们都爱大卫，并希望把他带回来。

德米特里

又及：我所有的信件都必须通过审查医生的审核，这就是这里的规矩。所以你不要回信给我。可以请劳拉·德维托，一位值得信赖的朋友转交。我还要加上一句，她是大卫灵魂上的信徒。等这件令人遗憾的事情结束了，等我们有机会放松地喝上一杯酒，我会给你讲整个故事，她和我的故事。你不会相信的。

他把德米特里的信一把撕成两半，再撕成四半，然后将碎片扔进垃圾桶里。很奇怪，德米特里有一种让他不安的力量——让他不安，让他充满了愤怒。通常他是一个平和的人，平和得出奇。他愤怒是因为嫉妒德米特里？嫉妒德米特里声称与大卫有亲密关系？他是主人，我是仆人。这不是他，西蒙会说的话。如果让他来说，他会带着自尊地说：他领路，我跟随。

他不相信德米特里手上有他所声称的大卫的信息。如果说德米特里确实有一个信息，那就是他为了自己的目的而编造的一个信息——例如，诋毁他的法官，让他摆脱他们强加给他的监禁（哲学的姐妹！）。于是：无礼者是被保佑的，因为他们是可以说实话的。充满激情者是被保佑的，因为他们的犯罪记录会被一笔勾销。

收到德米特里信件后的第三天，门口有敲门声响起。原来是孤儿院的一个孩子：埃斯特班，一个身材高大魁梧，满脸长着痘的男孩。

埃斯特班一言不发地递给他一封信。

"是谁给我的信？"他问道。

"德维托女士。"

"德维托女士期待马上得到答复吗？因为我现在就可以告诉你，不会有任何答复。"

埃斯特班不说话；但他的脸红了。

"不管怎么说，请先进来吧，埃斯特班。坐下。你想吃点什么吗？"

埃斯特班摇了摇头。

"好吧，不管怎样，我先给你做一个三明治。如果你不想在这里吃，你可以把它带回拉斯马诺斯。我相信你在那里没有足够的食物可以吃饱。"

埃斯特班小心翼翼地坐在他指的椅子上面。他切下一片面包，在上面涂上厚厚的果酱，然后在男孩面前放了一杯牛奶。埃斯特班吃着东西，脸仍然红着。

"你是大卫的朋友，不是吗？埃斯特班。但是你不是足球队的队员。我猜，足球不是你擅长的运动。"

埃斯特班摇摇头，在他的裤子上擦着他那黏糊糊的手指。

"你最擅长的运动是什么？你最喜欢做什么？"

埃斯特班无助地耸了耸肩。

"你喜欢读书吗？拉斯马诺斯有图书馆吗？你有很多机会阅读故事吗，那些编造的故事？"

"不太有。"

"当你长大，离开拉斯马诺斯之后，你要成为什么样的人？"

"胡里奥博士说我可以当园丁。"

"那太好了。园丁都是好人。这就是你想要的生活：成为一名园丁？"

男孩点点头。

"玛丽亚·普鲁登西亚呢？你是玛丽亚·普鲁登西亚

的朋友，不是吗？玛丽亚也会成为园丁吗？你会成为一对园丁夫妇吗？"

男孩点点头。

"埃斯特班，你还记得在纪念大卫的聚会上，当你和你的朋友扛着空棺材进入音乐专校时你说的话吗？你说你想传递大卫的信息。你脑海中的信息是什么？"

男孩沉默不语。

"你不知道。所有人都相信大卫有一个信息给我们，但是没有人知道信息到底是什么。告诉我，埃斯特班，大卫身上什么东西在吸引你？是什么让你和玛丽亚·普鲁登西亚在大卫生病之后，每天都一起来医院？是什么让你有勇气站起来并在舞台上发表讲话？因为我不觉得做演讲对你来说是一件很容易的事情。你会说这是因为友谊在鼓舞着你并给你力量吗？你会使用这个词吗？玛丽亚是你的朋友，这一点任何人都可以看得出，但大卫也是你的朋友吗，你会这么说吗？"

男孩尴尬困惑地扭动着他的肩膀。他一定特别后悔那天同意给这个假冒大卫父亲的老头送信！

"好吧，埃斯特班，我不再问你了。我可以看出你不喜欢这样。多年来，你知道，我是大卫最亲密的朋友。他的福祉是我唯一的关注，高过其他一切。当这样的友谊突然被打破时，这并不容易接受。这就是我为什么问你关于他的情况。这样我就有机会通过你的眼睛看他。这样他可以再次复活在我面前。不要生气。告诉德维托女士没有回复。这里有一些巧克力饼干给你。我会把它们放在一个袋子里。与玛丽亚·普鲁登西亚分享吧。告诉她这些饼干来自大卫。"

埃斯特班离开后,他读都没读,就把这封信撕掉了丢进垃圾桶里。半小时后,他又将这些碎片捡回来,并将它们放在厨房的桌子上。

西蒙:

我只提出了一个简单的请求,你却还没有回复。到星期六之前你要行动,否则我将不得不找别人。

德米特里

又及:我相信你知道名字是多么不重要。我也可以叫西蒙,你也可以叫德米特里。至于大卫,现在谁还关心他的真名是什么?而他对此却大惊小怪的。

在这家医院或世界其他任何地方,事物的发展并不是靠名字起作用。事情是按照数字运作的。数字统领着宇宙——我现在可以透露这一点,这是大卫信息的一部分(而且只是部分的)。

你无法想象在这个医院尸检中,尸体是被多么不经心地对待。我们的职业是生,而不是死:这是我们引以为豪的座右铭。让死者去埋葬死者吧。

大卫的失败之处在于他没有一个数字号码,一个适当的数字号码让他能可靠地绑定。孤儿中没有数字号码并不罕见。胡里奥博士和我坦承,他时不时地为他所照顾的孩子发明一个号码，因为没有号码，你就不能拥有社会福利。但是，想想在死人间里发生的事情吧（这是我们在这用的称呼，死人间），当一具到来的尸体没有数字号码，或者所用的号码，原来是，怎么说呢，虚构的。如果根本没有档案，你如何完结一个档案？你手上有一具尸体，一具有身高和体重，以及所有其他属性的不容置疑的尸体，而这具尸体的所属形象不存在，或者从来就没有存在过。当你只是一个卑微的尸体处理者，是医院最底层的人，你能做什么？我把它留给你的想象力。

西蒙，我的重点是说大卫不需要死亡。一些东西经过了死人间，这标志着世界上一种缺失的出现，一种新的缺失，但那种缺失不是大卫的缺失，不是一定如此，不是不容置疑。有骨灰，骨灰是不容置疑的，在河附近一堵墙的墙洞里面，但谁又能说，这些是谁的骨灰？可能是任何炉子里旧的灰烬，在炉子冷却下来之后，被从炉床上扫下来装进一个花瓶里的。大卫是被推进死人间的：你在那里看到他，我在那里也看到他。接下来发生了什么事就不清楚了，糊里糊涂，谜一样。他是被推出去的吗？他走出去了吗？还是在空气中消失了？没有人知道，就像没有人知道他的死因一样。非典型的是医生所用的术语：一种非典型的这种或那种东西。他们还不如写上：星星的恶性结合。无论如何，现在档案已经完结了（当一个档案被完结时，他们会在文件上盖上一个大的黑色印章，我亲眼看到它：档案完结）。但是从哲学角度来讲，那份档案是谁的档案？也许这是一些幻象的文件，是胡里奥博士在办公室为了方便起见虚构的，如果是这种情况，那么哲学意义上，它不是任何人的文件。你明白我的意思吗？很混乱。很多未解答的问题。

正如我所说，你的期限到星期六。

再又及：你从来没有被限制过，西蒙，所以你不知道什么是被束缚着、没有自由的希望。还有那些我必须与之为伍的人！我，德米特里，周围是一群白发苍苍的老人，驼着背，流着口水，大小便失禁！如果你认为被禁闭在医院比在盐矿的命运更好，你就错了。我为自己的错误付出了高昂的代价，西蒙。我每天都在还债。请记住这一点。

我们想要的，我们所有人想要的是，那带来光明的话语打开禁锢我们的监狱大门，让我们恢复生命。当我说监狱的时候，我并不仅仅指医院的禁闭间，我指的是世界，在整个广阔的世界。从某一个角度来说：世界就是一所监狱，你在这座监狱里日渐衰老，直到驼背，大小便失禁，并最终死亡，然后（如果你相信某些故事，我是不相信）你在某个异国他乡醒来，把这冗长的戏再演一遍。

我们渴求的不是什么面包（那是我们幸福的每天中午都在吃的东西：面包、煎豆配番茄酱），而是词汇，火似的词汇，能够揭示为什么我们在这里的词汇。

你是否明白，西蒙，或者说你已经超越了饥饿，就像你超越了激情，超越了痛苦？有时候我觉得你就像是一件在大海里被拖拽了多次的旧衬衫，所有的颜色，所有的实质都被冲刷走了。不过你当然不明白。你觉得你是正常人，**正常先生**，每个和你不像的人都是疯的。

你对那个在你照顾之下的孩子有任何理解吗？他说你也认同他是与众不同的，但是你知道他有多么真正的与众不同吗？我认为你不知道。他脑子快，脚步敏捷：这就是对你来说的与众不同。虽然我，德米特里，以前是一个不起眼的博物馆服务人员，现在也不知道是什么人了，或者换句话说，没有任何特别之处，但是从我眼睛一看到大卫，我就知道他不属于我们的世界。他就像某种鸟，我忘记了这种鸟的名字，它们会非常罕见地从天而降，让我们这些凡人看一下，然后出发，开始它们永恒的游荡。请原谅我用的这种语言。或者说像彗星一样，就像我上次说的那样，眨眼之间就消失了。

街上到处都是疯狂的人，说有要给全人类的信息，西蒙。你对此和我一样清楚。大卫与众不同。大卫是真正的那一个。

我告诉过你，他给我留下了信息。这不完全准确。如果他把他的信息托付给我，我就不会在这禁闭间里写信给一个我厌烦，而且一直让我厌烦的男人了。我会获得自由。我会是一个自由的人。不，他并没有把他的信息托付给我，不是完全如此。在他最后的日子里，他有足够的时间这样做。当我的工作允许的时候，我会坐在他的床边，握住他的手，说德米特里在这里，当他的嘴唇移动时，我会侧耳倾听，准备着听火似的词语。但词语没有来。我为什么来这里，德米特里？我听到的话是这些。我是谁，我为什么来这里？

我能说什么？当然不能说：不知道，小伙计。如果我不得不说，如果由我来冒险猜测，我会说是错误-发送。在错误的时间被发送到错误的地方。不，我不会那样破坏他的一天。你被派来是为了拯救我的，我说——拯救我，你的老朋友德米特里。他爱你并尊敬你，会为你而死。你是被派来拯救德米特里的，并带回你心爱的安娜·玛格达莱娜。

但这些不是他想听到的。这些对他来说还不够。他想听别的东西，更宏大的东西。究竟是什么，你问？谁知道呢。谁知道呢。

事实是，像老德米特里这样的货真价实的罪人对他来说太轻易了。他想拯救的是像你这样的一类人，你们这类人会给他带来更多的挑战。这就是老西蒙，带着他那或多或少没有瑕疵的记录，一个好人，虽然不是特别出众的好，也没有对来世的渴望——让我们看看我们能为他做些什么。

到了最后，他身体太虚弱了——这是我经历了多次内心交锋之后得出的结论。对于你或我而言，他太过虚弱了而无法表达出火似的词汇。等他意识到生命即将结束的时候，他已经病得太厉害了，不再有力量做我们需要他做的事情。

你知道吗，在他病程最严重的时候，我主动提出献给他我的血。我可以提供整套输血：他的血液出来，我的血液进去。他们，那些医生拒绝了。这不会起作用，德米特里，他们说：错误的血型。我说，你不明白。我准备为他而死。如果你准备着为某人而死，你的血液每次都会起作用。你血液里的激情会燃烧起来，燃烧掉血液中的小血细胞，在一瞬间就把它们烧掉。他们只是笑。他们说，你不懂血，德米特里。回去接着打扫厕所吧。这就是你所有的用处。

我责怪他们。我责怪他的医生。我绝对不会把我的孩子托付给卡洛斯·里贝罗。对于骨折、阑尾炎或类似的疾病，他是称职的，但是对于像大卫这样的非典型病例，他是完全没有灵感的。作为一名医生，在这些非典型病例中，你所需要的是——灵感。回去找教科书是没用的。当你面对的是神秘的疾病时，没有教科书可以帮助你。我不是反对医生，但我可以比里贝罗医生做得更好。

下次再叙。

D.①

---

① 德米特里（Dimitri）名字原文首字母是 D。

第二十五章

"有件事情我一直打算告诉你，西蒙，"伊内斯说，"宝拉和我已经决定，到了该把店卖掉的时候了。我们已经有了一个买家报价。一旦交易完成，我们将搬到诺维拉。我觉得应该提前告诉你一下。"

"你和宝拉？那宝拉的丈夫和孩子怎么办？他们也会搬到诺维拉吗？"

"不，她儿子正在学校读高中的最后一年，还没有想离开的打算。他将留在父亲身边。"

"在诺维拉，你打算和宝拉住在一起吗？"

"是的。是这想法。"

很久以前，他就猜到伊内斯和宝拉不仅仅是商业伙伴。"祝你们幸福，伊内斯，"他说，"祝你们幸福和成功。"他可以说更多，但是他就说了这些。

他后来回想着，这就是他们尝试组建一个家庭的故事结局：先是孩子死了，然后女人离开，留下男人独自待在这个陌生的城市，哀悼他所失去的一切。

从早先在诺维拉做码头工人的时候起，他就没有和任何女士亲近过。他也从未对伊内斯产生过任何身体上的欲望。关于他和伊内斯的关系，很难找到适合的词汇来描述：当然不是丈夫和妻子，也非兄弟姐妹。同伴①可能是最接近的词汇：就好像出于他们的共同目标和共同劳动，他们两者之间形成了一个契约，不是爱的契约，而是出于责任和习惯。然而，即使是作为陪伴，即使在她允许的范围内、狭义的陪伴，他也从未证明自己对她来说足够好，让她得到她该得到的一切。

当他在这片土地登陆时，接待他的官员给了他一个名字西蒙和四十二这样的岁数。起初他觉得很有趣，因为年龄和名字一样似乎是随意的。但是逐渐地，随着时间的流逝，四十二这个数字有了它自身的命运。就是在充满希望的四十二星的笼罩中，他的新生活开始了。但是，他没有看到的，一个被隐藏的情况是，终究有一天，四十二星的星体影响会终结，然后另一个数字的影响开始，这也许是一颗更暗的，也许是一颗更亮的星星。或者这种情形已经发生了？难道他儿子去世的那天标志着四十二的结束吗？如果是这样，那么他进入的新时代是什么？

他对音乐专校教授的数学足够熟悉，能够理解四十二后面不需要接着是四十三，四十四，四十五。就像音乐专校上空中的星星和着自己的曲调舞动，数字也是如此。现在的问题是：他将成为一个什么样的人——那个习惯被叫作西蒙的那个人——在他的新的星座之下？他会不再那么驯服、谨慎和沉闷吗？他会不会成为（太迟了！）那个大

---

① 原文为西班牙语，Compañeros。

卫的合格的父亲：快乐的、无惧的、充满激情的父亲？如果是那样的话，他的新名字将会是什么？

曾经有那么一段时间，他对农场三姐妹中的奥尔玛颇有好感。如果他这个老光棍，西蒙，在明天穿着自己最好的衣服，手持一束鲜花到农场去求爱，他将会被怎么样接待？他会被邀请进门，或者相反，这三姐妹会放狗咬他？

他的思绪被敲门声打断。起初，他没有认出来访者是谁：他以为她是公寓楼里的哪一个邻居。

"你好？我能为你做什么？"他说。

"是我，丽塔，"她回答道，"还记得吗？我在医院照顾过你的儿子。"

他的心脏开始狂跳。难道是他刚才关于接下来将怎样的问题有了回答？由这个并非不具吸引力的年轻女子来回答？"当然记得！"他说。"你好吗，丽塔？"

"我可以进来吗？"丽塔说，"我给你带来了大卫的书，就是他丢的那本书。我们做大扫除的时候，我在员工的公共休息室发现了这本书，我也不知道它是如何到那里的。你还好吗，西蒙？你振作起来了吗？我无法告诉你我们是多么想念大卫。我们真的是伤心欲绝，当……你知道的……"

他给丽塔倒了一杯葡萄酒，她接受了。她带来的这本书当然是《堂吉诃德历险记》，和他上次看到这本书的时候比较，现在，这书上面有了一个大污点。

"我必须得告诉你，"丽塔修女说，"我曾犹豫不决。起初我想把它作为纪念品留下来；但后来我想，它一定能为西蒙带来许多回忆，也许他更应该拥有它。所以我就来这里了。"

"我无法用语言表达对你的感激，丽塔。你可能不会相信，大卫就是靠这本书自学阅读。这本书他全能记住，整个的一本书。"

"这很好。"丽塔说。

他继续问道："丽塔，大卫最后的日子里，你和他在一起。他有没有跟你说过一条信息？他留下了任何信息吗？"

"好奇怪，你问起这个来。就在最近，我们还讨论过大卫以及他对我们的意义。因为若你为拯救病人而奋战，并且像我们一样失败时，从中吸取教训并将这信息带到下一场奋战中是很必要的。相信我，否则你会变得非常沮丧。在大卫的病例中，我们认为他留下的信息的关键就是勇敢。大卫是一个勇敢的，非常勇敢的男孩，他遭受很大的痛苦但从未抱怨过。勇敢，在逆境中要乐观：我会说，这就是他留下的信息。"

"勇敢。要乐观。当我终了的时刻到来之际，我会记得这点的。"

"西蒙，还有你的妻子呢？她承受得住吗？她和大卫非常亲近，我可以看得出的。"

"实际上，伊内斯并不是我的妻子，"他说，"事实上，不久之后她和我将分手，各走各的路。但是，她当然是大卫的母亲，他的真正的母亲，即使她没有证据证明这一点。她是被选出来的母亲。伊内斯是他的母亲，而对我来说，我的作用是在没有更好的人选之前担当他的父亲。是的，伊内斯和我将分道扬镳。事实上，我必须告诉你，在你敲门的那一刻，我正想着未来对我来说会是怎样。伊内斯将返回诺维拉，她从那里来，在那里有她的家人。我会留在埃斯特雷拉。我有工作，尽管那不是一份伟大的工作，但我很满意。我是一名骑自行车送信者。我向各家各户分发广告。我想我会继续这样做。在你敲门的那一刻，我想知道谁会取代我生命中的伊内斯。她和我在一起已经将近五年多了，我已经习惯于有她在，即使我们从来没有真正成为传统意义上的丈夫和妻子。"

即使在他说话的当下，他也已经意识到他说得太多、太多了，显然丽塔也有同样的感觉，因为她在椅子上不舒服地扭动着。"我必须走了，"她说道，"我很高兴终于把书给你带来了。我希望你和伊内斯能很快恢复平和。"

他送她出门；在门口，他看着她娇小的身影消失在走廊深处。

他翻阅着她留下的那本书。封面上的污渍——咖啡污渍？——已经渗进去，将书最开始的几页弄脏了。书脊也松散了。但上面遍布着大卫的指纹，尽管肉眼看不到。这是一件纪念品。

封底内页粘着一张纸，他以前并没有注意到。上面的抬头是诺维拉市图书馆，然后下面的字样如下：

亲爱的孩子们，

我们在图书馆的工作人员愿意了解你是否喜欢阅读我们的书，以及你从书中得到的收获。

这本书的信息是什么？你记住的其中最重要的内容是什么？

可以把你的回答写在下面。我们期待着阅读它们。

你的朋友，图书管理员。

在下面留出的空间里，有两个人写了留言。这些是在他，西蒙从友善的图书馆馆员那里借出这本书（后来未能归还）之前留下的意见。

第一个留言是这样写的：我喜欢桑丘。这本书的信息是，我们应该听桑丘的，因为他是没有疯狂的那一个人。

第二个留言写着：这本书的信息是堂吉诃德死去了，这样他就不能与杜尔卡尼亚结婚了。

可惜这两个评论都不是大卫写的。现在，我们永远不会知道，在大卫的眼中，这本书传递的信息是什么，或者他读到的最重要的内容是什么了。

译 后 记

　　库切修订文稿的严谨态度深深影响着译者的翻译过程。拿到《耶稣之死》这本书的英文稿时，首先看到的就是扉页上写着的：第十六稿。像其他的小说一样，库切在将书稿交给出版社之前已经进行了多次修改。看着这"第十六稿"的字样，我心里也在告诉自己，作为译者，校稿也要更加细致。我知道他的创作一般是在清晨最有效率，而我的翻译工作也是在清晨进行。有两个半月的时间里，我每天早上 5 点到 7 点半是翻译的时间；不得不承认，这段时间里，效率很高，文稿很快就翻译完成，从 2019 年 11 月底翻译完书稿到 2020 年 3 月 1 日完成最后一次校对，将译稿交到人民文学出版社马编辑的手上，我已经对此稿进行了八次校对，还请另外两人对译稿进行了试读。其间我还和作家库切本人 E-mail 多次往来，主要是交流翻译过程的一些和他或者作品有关的趣事和思考。

　　翻译这本书的过程对我而言，不仅仅是翻译，也是生活中特别有意义的一段认真反思过程：它让我反思自己该如何为人之母。这本书与其他的库切小说一样，书本身并不厚，但绝不是那种易读的消遣小书，里面深厚而悲悯的思考像一个深不可测的大洞，你真的不敢，也无法走到尽头。我脑洞大开地想：库切所说的"耶稣之死"是不是在寓意"爱的死亡"，或者"真理的消亡"？其实，翻译这本小说，最不开心的是知道主人公大卫要死去。我和库切坦承不希望读到这样的结局，他对此顾左右而言他。

因为研究过库切的翻译工作，我记得他有一个关于"hole"的翻译经历，或者说是一个"hole"情节，所以这次看到这本小说中关于"hole"的句子——all dayh e keeps at bay the hole that has opened up in the texture of being——我还真怕不能很好把握他的意思。我希望他给我一个解释；他也没有直接回应。我理解库切的态度，因为关于翻译的性质，库切本人早就表达过他的观点：阅读文本的本质就是翻译，而每种翻译最终就是一种文学批评。而文学作品本身的文学性本质必然会给翻译带来问题，"找到这些问题的完美解决方案是不可能的，部分的解决方案则包含了批评的行为"。那我就按照我的理解翻译了："一整天，他尽全力不让心中已经撕开的那个裂口撕裂得更大。"

此书的文稿还要特别感谢澳大利亚莫纳什大学读硕士的赵倬同学和我的姐姐——中文系毕业的退休教师王敬梅老师。她们两个，一个代表的是年轻的读者，一个代表的是成年读者。我把自己校对过的稿子给她们看，请她们提意见。两人不仅指出我的译文中汉语表述不地道的地方，还和我交流她们的阅读心得。翻译此书的过程中，与她们交流的过程是特别有收获的时刻。年轻的读者赵倬不仅指出我的文字表述错误,还与我交流她在阅读中如何理解孩子与父母的关系。我们一起探讨父母用爱绑架孩子的常见现象。作为父母,我们常常会说:"孩子,我这么做都是因为爱你啊!"小说中,西蒙也爱大卫啊,他应该比我们寻常的父母少言寡语多了,但是也仍然遭到了大卫的嫌弃。在很多时候,代沟真是一道难以逾越的鸿沟。王敬梅老师则首先犀利地指出,我的很多表述翻译痕迹太浓。关于小说中大卫传球动作的描述,她建议我读读和听听体育专业人士如何描述贝克汉姆传球的。关于对小说的总体理解,我很想把她的原文记录几句:"能说出'世界就是一个大监狱',这位作家的哲学思考太深刻了。""我感觉这位作家是一个内心特别痛苦的人。不仅仅是孩子的死亡,还有其他的让他痛苦的心结,比如对这个世界的思考。他虽然与大家在一起,但是,他的内心非常孤独,他是一个纯粹的人。""孤儿院的孩子们为什么喜欢大卫?因为大卫与众不同和有思想,这不仅是孤儿院的孩子做不到的,也是我们每一个成年人都做不到的。如果你稍微与俗世原则不同,就可能会被打击和惩罚。"她的这些回应让我愈发觉得自己的翻译是有意义的,因为这是一本非常值得阅读与思考的好书。翻译这本书的过程中,我感触最深的是这句话:"我们都是孤儿,因为从最深的层次讲,我们都是独处于世。"其实人是非常害怕发现自己原来是孤独的,而比这还可怕的是有人根本不敢往这个方向想,也根本找不到自己。还好,我们还有一些好书可读,"阅读让我们知道，我们并不孤独"。

　　用这些文字来做译后记，希望读者同意我的想法：这一本很有深意的小书。它厚重的主题很难探索到终点，但是非常值得思考。小说中，西蒙和伊内斯其实不觉得他们自己有任何错误，就像我们许多父母一样，很多时候可能是在用我们的爱窒息着孩子，禁锢了他们的发展。我们别把小孩子不当回事，当然更别把周遭的人不当回事，尊重他人真的很重要。同样，我也非常尊重读者的意见和反映，相信译文中还有不周之处，敬请批评指正。我的联系方式为 jh. wang@ tsinghua. edu. cn。

王 敬 慧